图画书的力量

〔日〕柳田邦男 / 著

王志庚 / 译

GUANGXI NORMAL UNIVERSITY PRESS
广西师范大学出版社
·桂林·

图画书的力量
Tuhuashu De Liliang

出版统筹：张俊显
项目主管：孙才真
策划编辑：柳　漾
责任编辑：陈诗艺
助理编辑：韦　莹
责任校对：郭琦波
装帧设计：赵英凯
封面插画：太阳娃插画设计
责任技编：李春林

生きる力，絵本の力
IKIRU CHIKARA, EHON NO CHIKARA

著作权合同登记号桂图登字：20-2017-203 号

图书在版编目（CIP）数据

图画书的力量 /（日）柳田邦男著；王志庚译．—桂林：广西师范大学出版社，2019.8
（魔法象．阅读学园）
书名原文：IKIRU CHIKARA, EHON NO CHIKARA
ISBN 978-7-5598-0703-8

Ⅰ．①图…　Ⅱ．①柳…②王…　Ⅲ．①儿童故事－图画故事－文学研究　Ⅳ．①I058

中国版本图书馆 CIP 数据核字（2019）第 094827 号

广西师范大学出版社出版发行
（广西桂林市五里店路 9 号　邮政编码：541004
网址：http://www.bbtpress.com）
出版人：张艺兵
全国新华书店经销
北京尚唐印刷包装有限公司印刷
(北京市顺义区牛栏山镇腾仁路 11 号　邮政编码：101399)
开本：880 mm × 1 240 mm　1/32
印张：5　　　字数：98 千字
2019 年 8 月第 1 版　　2019 年 8 月第 1 次印刷
定价：32. 80 元

选自魔法象童书馆《凌晨一点，礼帽族来了！》

目录

选自魔法象童书馆《凌晨一点，礼帽族来了！》

在图画书阅读中冥想人生

把悲伤体验写成故事

人在一生中难免会遭遇悲伤和苦痛，这种经历会随着时间的流逝给人带来新体验、新感受。这些新感受是因人而异的，但其中肯定有很多是相同的，比如对每个人来说都很重要的重获新生的决心、对他人的恻隐之心，以及对人际关系的珍惜之心等。

“3·11”日本大地震造成了不计其数的人员和财产损失，然而在这场令人难以忍受的巨大悲痛之中，一本打动人心的图画书诞生了。那就是《茱萸之路》(『ハナミズキのみち』)。

这本图画书的文字作者浅沼美纪子女士并不是专业的图画书作家，她只是住在岩手县陆前高田市的一个普通市民。那场海啸夺走了高田市1800多人的生命。3月11日那天，浅沼女士像往常一样去陆前高田市观光物产协会上班。她家离公司比较远，地震发生后，浅沼女士担心家里的女儿和外孙，便立刻驱车回家。回家途中，她遇到了正在引导市民避难的儿子——健。25岁的健是一名消防员，为保护市民的人身安全，他完全不顾自己的生命安危，奋力引导市民疏散，进行紧急避难。

浅沼女士觉得儿子敢于担当、富有责任心，她只打了声招呼便匆匆往家里赶。健将市民们引导至市政府指定的避难所——市民会馆，他自己也前去避难。然而，人们进入避难所后不久，陆前高田市的市区就被十米多高的巨大海啸吞没了，就连五六层高的大楼都没入水中不见了踪影。市民会馆并不高，在如此巨大的海啸中根本无法起到保护作用，转眼间来势凶猛的海水就吞噬了在会馆内避难的民众。夹在天花板和水面之间的那些避难市民是最幸运的，他们勉强在那个狭小的空间里得以呼吸。跟许多避难市民一样，健被海水夺去了生命。

十天后，健的遗体得到确认，浅沼女士深受打击。儿子的人生才刚刚开始，却早早地被海水夺走了生命，她陷入深深的悲伤泥潭之中。“为什么当时我没有叫他上车？”“为什么我还活着？”她每天都不停地责备自己，夜晚也无法入眠，甚至还出现过呼吸困难的情况。

就这样，时光流逝。一天夜里，健出现在浅沼女士的梦中，对她喊道：“妈妈，我同大家商量好了，希望能在通向市民会馆的道路两旁种上茱萸。”

一开始，健的声音里充满着不甘心。后来，他的语气渐渐平静：“妈妈，您不要光哭啊，多想想快乐的事。”说完，健就消失了。

从那之后，浅沼女士心中便产生了要向前看、积极生活的想法。一个偶然的机会，她遇到来陆前高田市访问的评论家、作家野上晓先生。这是一个难得的良机。野上先生建议浅沼女士将这份独一无二的悲伤体验作为珍贵的人生记录写出来。后来，他把浅沼女士的记述改写成适合图画书表达的文字，经过与出版社编辑的商议，最终委托黑井健先生绘制了插画。于是，便有了《茱萸之路》这本图画书。

在故事的前半部分，文字呈现了健对妈妈说的话：

您不要光哭啊，多想想快乐的事。

插画家黑井健先生为这句话配上了一个带着淡淡的怀旧色调的场景：海边的美丽小镇、沙滩上的游戏、七夕节的烟火大会、落日余晖下的金色海面。

后半部分的画面上，阳光从云上倾泻而下，犹如从山顶"通往天国的台阶"，这与之前的文字相互映衬，构成了一幅庄严神圣的画面。

我听到了，妈妈的哭声。妈妈，不要哭，多想想快乐的事情吧。妈妈，笑一笑吧。妈妈，我在这里看着您呢。

妈妈，麻烦您。请多种些我喜欢的茱萸吧。这样，海啸再来的时候，那就是大家避难的路标。请您铺一条茱萸之路吧。

在阅读这本图画书的时候，我不由得在心中双手合十，祈愿那些离去的人千古。人即使过世了，灵魂也会继续存在于生者的心中，我再次坚信这一点。

还有一本叫《罗罗和蕾蕾的星之花》(『ロロとレレのほしのはな』) 的图画书。为了援助海啸和福田核泄漏的受灾儿童，一群国际图画书作家及相关参与者共同创作了它。

这个项目最初的发起人是旅居斯洛伐克的降矢奈奈女士，她因图画书《米奇拉 摩奇拉 咚咚！》(『めっきらもっきらどおんどん』) 而闻名于世。降矢女士心想："作为一个图画书作者，我能为在'3·11'大地震中受灾的儿童做些什么呢？"随即，她启动了这个项目，在欧洲和日本的作家中征集让儿童振作精神的文章和绘画作品来举办展览，以便引起社会的广泛关注，最后将展览作品的销售收入捐献出来当作救助款。

这个倡议得到了多国图画书作家的赞同和响应。一年后，也就是2012年3月，他们在意大利的博洛尼亚首次举办了由56名画家参加的画展，同年在斯洛伐克的布拉迪斯拉发、波兰的华沙、荷兰的阿姆斯特丹、丹麦的哥本哈根等地进行了巡展，这一系列活动引起了巨大的国际反响。2013年，参展人数又增加了，来自七个国家的110名创作者参加了画展。3月，参展图画书作家先在长野县安昙野市的千寻美术馆举办了画展。5月到8月初，在东京的千寻美术馆举办了画展，其后又在岛根、京都、横滨等地举办了巡回画展。

翻译家野坂悦子女士看到展览中的比利时画家汤姆·斯霍恩欧赫（Tom Schoonooghe）的一张画后，突然有了灵感，于是着手撰写图画书的文字。汤姆基于她的文字，重新绘制了图画，最终的作品就是《罗罗和蕾蕾的星之花》。

为了去见一个人，在黑暗中赶路的罗罗和蕾蕾相遇了。不可思议的是，只要他们两人手牵手，他们的头上便会开出星之花，周围就会变得明亮起来。后来，两人在前往目的地的途中，向那些正在经历困难和痛苦的动物和人伸出手，大家手拉手，所有的人和动物头上都开出了星之花，整个世界被照亮了。

这本书的画风温暖可爱，洋溢着童话般的气息，是一本充满温情的图画书。这本书也非常适合推广降矢女士等人开展的援助活动。

可以说，上面所提到的两本图画书给大家揭示了图画书的可能性，那就是，图画书能为那些遭遇不幸的人点亮一盏心灯。

丰盈内心的童年回忆

大人也要读图画书。近年来，我通过撰写文章和巡回演讲向大人讲述图画书的重要性，算起来已经有十二个年头了。最近，我把这几年撰写的图画书阅读随笔合编出版成了一套书。这套书也是我的人生随笔，主要讨论了如何坚持本心、如何实现心灵成长、如何面对病魔等话题。

所以，我选择了如温柔低语的内心倾诉式的文字来做这三本书的书名。此外，在每本书的封面上，我加入了副书名："图画书的人生三读·手帖Ⅰ""图画书的人生三读·手帖Ⅱ""图画书的人生三读·手帖Ⅲ"。这三本书的主书名分别是：

Ⅰ《下雨天是思考天》

Ⅱ《夏日的回忆是心灵的摇篮》

Ⅲ《伤心的眼泪是生活的路标》

因为这些都是我的人生阅读随笔，所以无论是书名还是内容，都投射出我当时的内心状态。

有趣的是，一旦将自己的内心状态用这样具有象征性的语言表达出来，再拿到一本新的图画书时就会有一种感觉："啊，这一本应该放在"手帖Ⅰ"里。"我下面要介绍的两本图画书可以说是属于《夏

《点》

〔加〕彼德 · 雷诺兹 / 著 · 绘
邢培健 / 译
北京联合出版公司 / 爱心树童书馆出品
2010 年 5 月版

日的回忆是心灵的摇篮——图画书的人生三读 · 手帖 Ⅱ》这本书探讨的范围。

《我们的春夏秋冬》（*GUYKU: A Year of Haiku for Boys*）的文字作者是鲍勃 · 拉奇卡（Bob Raczka），这本书是他怀念少年时代的作品。彼德 · 雷诺兹（Peter H.Reynolds）以水彩画风格的配图，完美地呈现了文字的内涵。彼德的图画书《点》（*The Dot*）和《有一天》（*Someday*）曾经捕获了很多读者的心。据说英语原文是类似日本俳句（Haiku）的韵文。现

《点》内页

《有一天》

〔美〕艾莉森 · 麦基 / 著
〔加〕彼德 · 雷诺兹 / 绘
安妮宝贝 / 译
新星出版社 / 爱心树童书馆出品
2013 年 1 月版

在，俳句作为不带季语的短诗在世界范围内广泛传播[1]，即便是在四季变化不分明的国家，俳句也得到认可。拉奇卡也是俳句的忠实粉丝，他将自己少年时代的美好记忆用俳句的方式表现出来，配上雷诺兹的插画，一个单页或一个跨页一句，形成了这本图画书。

翻译诗歌是一项艰难的工作。将俳句翻译成通俗日文，即使译文采用“五—七—五”的节拍，但由于没有季语，而且语句过于简短，会给人一种淡而无味的感受。译者翻译诗歌需要充分理解原文的喻义和深刻的旨趣，选取最能传递诗情的语言进行表达，而且还要保持译文的韵律。这是一种挑战，考验译者的词汇量和语言表达的丰富性。

有趣的是，据说即便将原文翻译成“五—七—五”的俳句样式，也无法表达出原文的诗意与精髓。于是这本图画书的译者干脆用“五—七—五—七—七”的短歌形式将原文的诗意完美地表达了出来。

[1] 俳句是日本特有的一种诗体，也叫“俳谐”。它一般有一个“季语”（与四季相关的标志和暗示），格式是三局十七音，即首句五音，次句七音，末句五音。日本的许多现代俳句并不使用季语，如无季俳句（去掉季语的俳句）和自由律俳句（摆脱了“五七五”的音节限制，季语可用可不用）。——编辑注

编辑的创意很好，俳句诗人穗村弘先生的日语译文也完美地再现了少年时代的跃动。

每个季节都用俳句和画面呈现。慢慢地咀嚼每一句、每一页，每一位读者少年时代的美好回忆都会被唤起。人生过半时，读到这种图画书会给心灵带来不可思议的情感共鸣。

以下是春天的一幕——

石をつんで（堆起石头）

川の流れを（河水）

せきとめる（堵住）

きらきら時が（然而时光依然）

流れつづける（闪耀着流走）

关于夏天的回忆——

ピシュッ、ピシュッ、ピシュッ、ピシュッ、ぱちゃん！（嗖、嗖、嗖、嗖、咚！）

きれいにならんだ（完美地打出五个）

水の輪いつつ（水漂）

这是河边的“打水漂”游戏，拣个扁平的小石头，朝着水面扔出去，数小石头弹起来的次数。

然后是秋天——

セミの声を

消したのはだれ?

ぼくはまだ

心の準備が

できてないのに

（是谁让蝉停止鸣叫？ / 我还没有做好心理准备呢）

这样的语句会勾起读者的童年回忆。没错，我也有过相同的记忆。我家在关东地区北部的一个小镇上，院子的前面是一片开阔的农田。一条小河从房前流过，穿过农田，流向远方。小时候，我常用碎石块围堵河水，捉鲫鱼和泥鳅，还跑到远处的河水里去游泳，用小石子“打水漂”。

每到夏天，都有油蝉[1]在我家院子前的杏树上合唱，有时寒蝉[2]也会加入油蝉合唱团。夏天即将过去，油蝉的叫声逐渐变小，日落西山时，只能听到油蝉的独唱回荡在半空中。原以为距离暑假结束还早，其实暑假早已所剩无几。那一句“是谁让蝉停止鸣叫？”真是再贴切不过的文字啊，我觉得这是《我们的春夏秋冬》中最精彩的一页。少年沮丧地坐在大树下的秋千上，一片树叶在他的眼前黯然飘落。画面是淡淡的焦黄色，略带些不明显的绿色，擅长运用黄色的雷诺兹用一幅铅笔画，刻画出那远去的童年记忆。

[1] 油蝉：个儿大、声儿响，胸部略带点褐色，双翅展开宽达100多毫米。7～9月都是它们的世界，可以从清晨直叫到日落西山。——编辑注

[2] 寒蝉：亦称寒蜇、寒蜩。身体小，黑色，有黄绿色的斑点，翅膀透明。雄的有发音器，夏末初秋时开始在树上鸣叫，天冷时叫声低微，又称“秋蝉”。因出世时间晚，且鸣叫时间多在午后到傍晚，像隐逸的禅师，寒蝉还有一个诗意的名字叫“法师蝉”。——编辑注

我把那些烙印在我们心中的关于童年的故事和令人感动的瞬间称作“心灵故乡”。不管遇到多大的艰难困苦，每一个拥有“心灵故乡”的人都能通过回想“心灵故乡”，实现内心的治愈，从而获得新生的力量。

美国图画书代表作家芭芭拉·库尼（Barbara Cooney）的作品《大海浪》（*Hattie and the Wild Waves*）是对立志成为画家的母亲哈蒂的回忆。在美国西部大开发的时代，库尼的父亲带着全家从德国移民到美国，他在纽约的事业获得了很大成功，全家过上了幸福优越的生活。

年幼时，哈蒂的姐姐说自己的梦想是成为漂亮的新娘，哥哥说自己要像父亲那样赚很多的钱，而哈蒂却说自己想成为一名画家。“你可真傻！”哈蒂遭到哥哥和姐姐的嘲讽。即使这样，哈蒂也丝毫没有改变自己的梦想。悬在空中的明月、穿过树梢的微风、狂暴肆虐的海浪，哈蒂沉迷于大自然的绚丽风景之中。

这年的暑假，哈蒂在父亲的别墅中度过。她一个人去别墅附近的海滩与浪花嬉戏，眺望遥远的天空与无垠的大海。逢波涛汹涌的天气，她就隔着窗子凝视着狂暴的海浪，侧耳倾听它们的诉说。

一天，哈蒂跟随父母一起去观赏歌剧，这次艺术之行让她的内心受到了极大的震撼。她被年轻女歌手全身心投入的歌唱感染，从此找到了自己努力的方向。

那就是“全身心地投入到绘画中去”。

作者的感受力真是出类拔萃啊，我深表感佩。也许母亲少女时代对梦想的执着就是芭芭拉·库尼的“心灵故乡”，并最终让她做出了终生作画的人生选择吧。

每个人的安然归处

所有读者对《伊索寓言》和《安徒生童话》都不会感到陌生，但改编成图画书的《伊索寓言》和《安徒生童话》，会因故事的视觉呈现效果以及日语译文的风格而给人新鲜感。所以，同一部作品的不同版本往往会给读者带来不同的阅读体验。

蜂饲耳女士从《伊索寓言》中选取了五个故事，每个故事由一位画家绘制插画，这就是五卷本的“伊索寓言系列”图画书。其中的一本《乡下老鼠和城里老鼠》(『いなかのネズミとまちのネズミ』) 是由年轻插画家今井彩乃女士作画。在书店里，我拿起它的那一刻，还以为是一本欧洲某国的图画书。

书中的画面构图、用色、细节设计，以及老鼠的造型都非常考究。对老鼠心境的表现是这本图画书成功与否的关键，可以说对老鼠的表情，特别是对其眼神的刻画将成就这个故事的艺术高度。对老鼠的描绘表明这部作品不是世俗说教的，而是充满生机、具有人文关怀的。今井彩乃的绘画非常出色地呈现出这一精髓。

读了书中的作家介绍我才知道，原来今井女士出生在英国。也许她幼年时代熟读的那些欧洲图画书的画面早已刻在脑海中，可她正式学习绘画是在武藏野美术大学，而且学的还是日本画，这就非常有趣了。今井女士的绘画完美地融合了欧洲图画书的艺术传统和日本画细腻的花鸟风月的绘画技法，从而创造出一种独特的艺术风格。

想必大多数读者都很熟悉这个故事。

乡下老鼠拿出树叶、大麦、小麦以及果实，摆放在树桩做的桌子上招待城里老鼠。

乡下老鼠只穿了件坎肩，而城里老鼠不仅穿着白底红色竖条纹的衬衫，还打着领带，戴着一顶时尚的红帽子。树桩旁边盛开着荠菜花，路边有瓢虫和蚂蚁在爬。这些野花和小昆虫鲜活地营造出乡下闲适的生活氛围，就像戏剧中的小道具那样带来别致的艺术效果。

城里老鼠咬了一口乡下老鼠拿出来的食物，说："喂，下次我一定请你去我家玩。城里有很多好吃的。"他明显是看不起乡下老鼠的生活。

乡下老鼠来到城里，他发现路边随处都是被丢弃的空瓶，管道口不时有水滴下，绳索上晾着洗净的衣服，每家的桌子上都摆着他从没见过的奶酪、零食和蜂蜜。乡下老鼠有些提心吊胆。

乡下老鼠正准备咬一口奶酪，突然传来一声巨响。门开了，一个人影投射在墙上。两只老鼠慌慌张张地逃进墙缝里。当人走了之后，乡下老鼠吃了一块奶酪，可他太害怕人了，竟然没有吃出奶酪的味道。

乡下老鼠一直非常紧张，所以当城里老鼠对他说"你搬到城里来吧"时，乡下老鼠的回答是："虽然乡下吃不到好吃的东西，但乡下的生活轻松悠闲，还是乡下好。"

《切斯特找新家》

〔日〕今井彩乃 / 著 · 绘
李剑敏 / 译
中信出版社，2017 年 1 月版

乡下老鼠藏在墙缝里那惶恐的眼神，吃奶酪时那惴惴不安的眼神，四处躲藏时那疲惫不堪的眼神，都被刻画得淋漓尽致。最终，乡下老鼠还是回到了乡下。

顺便提一句，有很多乡下的青年人到大都市去打拼，在经历各种碰壁和失意后回到了家乡。无论在西方，还是在日本，这种题材的小说都并不少见。赫尔曼 · 黑塞（Hermann Hesse）的《彷徨少年时》（*Demian*）就是这个主题的代表作品之一。我觉得《乡下老鼠和城里老鼠》是对这一主题的寓言化处理。

这个寓言故事是超越时代的，具有普遍性的意义。现代大都市生活的“毒素”有扩大化的趋势。在“3 · 11”日本大地震中，东北地区（也就是人们常说的“落后地区”）所遗存的朴素而温暖的人情关系被重新认识。但日渐“城里老鼠”化的日本人的价值观是否能有所改变呢？我不太乐观。

以上问题暂且不论，我认为最大限度发挥今井女士创造力的作品是她独立创作的《切斯特找新家》（『チャッピィの家』）和《穿靴子

《切斯特找新家》内页

的猫》(『くつやのねこ』)。这两部作品都很像《伊索寓言》中的故事。今井女士独特而又扎实的细腻绘画技法，使画面本身具有了超强的“叙事力”，其中的意味非常值得细细品读。

在这两部作品中，我更喜欢《切斯特找新家》。主人公切斯特是一只从眼睛往上的部分都是黑色，背上有黑斑的白狗。一直疼爱他的主人，因为太忙而无法带他出去散步，孤独的切斯特为了寻找“更好的地方”，离家出走了。

切斯特来到森林里，小鸟说了句“这里已经够挤的了”，便把他赶了出去。他来到城市里，被一个有钱的贵妇收养了，生活中的所有事情都有用人帮他完成。贵妇有着非常严格的礼仪要求，他不得不穿上束手束脚的服装。切斯特怀念外面的空气和脚下的土地，于是逃走

《在森林里》

〔美〕玛莉·荷·艾斯 / 著·绘
赵静 / 译
二十一世纪出版社 / 蒲蒲兰绘本馆出品
2008 年 8 月版

了。他又孤身一人了，幸好最后找到了原来的主人，回了家。这个故事有一个美好的结局，也可以说是一个寓言故事吧。

书中画面的每处细节都非常有意味：切斯特离家出走时附近各家窗户里的各种狗的表情、一直与他相伴的知更鸟、城市里的各种物品以及地面上的价格标签，还有在雨中撑着一把荷叶伞呆呆地伫立着的切斯特……

前段时间，我同身兼医生和作家两职的镰田实先生一起去福岛县南相马市做演讲，想安抚对核辐射有恐惧心理的孩子。我在演讲前，特意去了当地的图书馆，为那里的孩子朗读了这本图画书。那些孩子是暂时疏散来避难的。我慢慢地讲读，让孩子享受画面中的每一个细节。最后，读到切斯特再次回到主人家中和家人一起吃饭时，我大声朗读道：

切斯特找到了真正的家。

我看到，孩子的眼睛里闪烁着光芒。

我决心不再让乌云遮蔽孩子眼里的光，尽管讲读故事是件小事。

《在森林里》内页

我想，今后我还要继续多做对孩子有益的社会活动。

来自陌生人的援助

图画书不仅孩子喜欢读，大人也能沉浸其中，原因之一是，图画书没有现实和幻想的明确界线，这两个世界是浑然一体的。成年人由于感性能力的钝化和衰减，往往只对金钱、物质以及地位这些现实的东西感兴趣，认为幻想世界只不过是哄孩子的把戏。

然而，孩子的感性能力是很强的，与无聊的现实世界相比，他们对无限延伸的幻想世界更感兴趣。这不限于图画书，童话和民间传说也一样。而且对孩子来说，幻想世界也是现实的。

顺带一提，玛莉·荷·艾斯（Marie Hall Ets）的经典图画书《在森林里》（*In the Forest*）讲述了一个简单的故事：小男孩在森林中迷路后，遇到了狮子、大象等动物，他吹着小号走在前面，动物们排成一队跟在他后面游行。在睡前故事时间，给孩子讲这本图画书，其中的小男

《凌晨一点，礼帽族来了！》
〔日〕奥原梦 / 著 · 绘
彭懿、周龙梅 / 译
广西师范大学出版社 / 魔法象童书馆出品
2017 年 8 月版

孩与动物们相遇的情节是充满现实感的，能够激荡童心的场面，并不只是在梦里才会出现的情景。因此可以说，这些图画书中温暖人心的画面，让人快乐、情绪高扬的场面，与孩子在现实世界经历的事情一样（也许超过现实世界的体验），会深深刻印在他们的童年记忆之中。

图画书作家奥原梦的画风非常灵动，她的作品《凌晨一点，礼帽族来了！》(『シルクハットぞくはよなかのいちじにやってくる』) 对幻想世界的设定非常独特，我刹那间就被迷住了，感慨着“也许就是

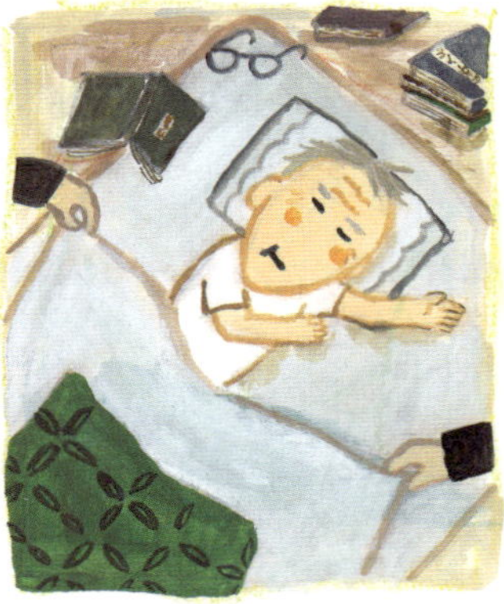

《凌晨一点，礼帽族来了！》内页

《凌晨一点，礼帽族来了！》内页

这样的，不对，肯定就是这样的”。这本书的书名颇具神秘感和吸引力。

身穿黑衣，头戴黑礼帽的礼帽族们会在夜里一点集合。他们走路没有一点声者。他们不用说话，只要互相看一眼，就什么都明白了。水彩画风格的图画轻柔地描绘出没有任何声音的静默气氛。虽然礼帽族人数众多，但他们并不可怕。他们的脸上没有丝毫要实施阴谋诡计的险恶表情，看起来仿佛在密谋一件让人愉快的趣事。

礼帽族互相看了看，深深地点了点头——

我们并不知道谁是礼帽族的首领。他们聚集在一起，围成圈，心有灵犀地相互点点头，然后都飞上了天。两三个人一组，静静地来，从窗缝潜入，穿过走廊，站到露着肚脐熟睡的孩子的床边，抓起被角，“轻轻地一拉”，重新给孩子盖好被子，让他们的肚皮不再露在外面。

从这家，到那家……

轻轻地一拉，轻轻地一拉……

在世界各地，轻轻地一拉。

礼帽族的工作就是轻轻地一拉，为各种各样的人盖好被子：有老

《凌晨一点，礼帽族来了！》内页

年人，有睡在南国吊床上的人，有睡在蒙古包里的人，也有非洲的黑人小孩。

他们只是轻轻地一拉、轻轻地一拉……谁也没有发现。

这句话的配图是非洲大陆热带草原的夜景，明确表现了作者想要传递的信息。

从整体上看，故事的展开非常轻松有趣，特别是戴着黑礼帽的神秘人轻轻地为人们盖被子的行为能深深吸引孩子。然而，这种细小的“谁也没有发现”的行为，也显现了这部梦幻作品包含的深意。

孩子会像相信圣诞老人会在圣诞节给自己送礼物那样，相信礼帽族的叔叔们会在半夜里给自己盖被子。即使现实世界不存在能飞上天空的礼帽族，他们还是会相信童话世界真的有礼帽族存在。

然而大人对这本图画书的理解，或者说就我个人的理解，是与孩

子完全不同的。我们生活的这个广阔地球经常会发生战争、天灾等令人悲痛的事情，有很多人正忍受着饥饿，生活窘迫。尽管会遇到这样那样的悲惨现实，但大部分人还是存活了下来，人类并没有灭亡，这是因为有很多人默默地为遭遇苦难的人提供各种各样的援助，哪怕只有一点点的帮助和效果。这一点，我是从书中最后的几个页面中读出来的。那一幅漂浮在宇宙中的地球的画面，那一幅世界各地的人们睡觉的画面，还有那一幅写着“谁也没有发现”的画面。这些画面间接地向我传递了这个信息。

我之所以这样去解读这本书，是因为它让我想到了苏联流亡电影诗人塔可夫斯基（Andrei Arsenyevich Tarkovsky）在二十几年前导演的代表作《牺牲》[1],这部影片带给我深刻的哲学思考。这是部晦涩难懂的电

[1]《牺牲》（*Offret*），1986年上映。——编辑注

影，它的片名意味深长。这个世界面临着核战争危机，悲惨的结局终究没有到来，这是因为有些人在默默地为神明献身，为全人类牺牲了自己。影片最后一幕的场景很苍凉，少年向正在给枯木浇水的父亲提出了意味深长的问题——“为什么”。随着字幕的渐渐隐去，巴赫的《马太受难曲》咏叹调响起，“怜悯我吧，我的上帝……”，小提琴曲回响……

将幽默明快的图画书《凌晨一点，礼帽族来了！》与塔可夫斯基的《牺牲》对照或许有些简单粗暴，但就算不着眼于整个世界，就日本社会而言，在我们安稳地度过每一天的时候，社会阶层差距扩大和农村日渐凋敝的情况正在发生，每天都有人因为贫困、孤独和苦难而过着悲惨的生活，这样的人间悲剧不计其数。即使这样，这个国家和社会并没有崩溃，其存续的原因就在于，无数人通过志愿活动或一些小小的善举，填补着政府和企业无法弥补的福祉空隙。“3·11”日本大地震引发的海啸和核辐射让很多地区无法居住，很多农田无法耕种，每当我到那些受灾地区，就会不由得产生上面的想法。

尽管图画书只是薄薄的一本，有些图画书却能引起我们深刻的思考。《凌晨一点，礼帽族来了！》就是这样的图画书。

讲述“心绫”的图画书

日文中有个词叫作“心绫”。“绫”字原意指的是带纹样的绸缎，或是织物的斜纹花样。据此意引申便有了“语言之绫”的说法，用来形容文章写作和语言措辞的技巧娴熟。另外还有“解开令人迷惑的案件之绫”的说法，这个“案件之绫”形容的是错综复杂的案情。

那么“心绫”是什么呢？我想应该跟“案件之绫”比较接近吧。人的心情有很多种，高兴、悲伤、愤怒、苦闷等。高兴也好，悲伤也罢；愤怒也好，苦闷也罢。即使人的心情能瞬间被某种情感占据，但多数时候，只要稍稍平静下来，其他的情感和思绪便会逐渐浮现出来。人不只有单纯片面的一种情绪，人的内心活动并不是单细胞的活动，而是非常细致且复杂的活动，“心绫”就是用来形容人的复杂而微妙的心情和内心活动的。

最近我想也许我可以创造一个新词——“图画书之绫”。因为图画书里的世界可以说既广袤无垠，又深邃无底。最近有图画书开始涉及儿童和青少年的内心活动，涉及临床心理学所研究的内心纠结和心理扭曲的问题。图画书能够清晰且恰到好处地表现出人物微妙而细腻的内心问题，这可以说是“图画书之绫”了吧。

加拿大的新锐图画书作家尼古拉斯·奥尔德兰特（Nicholas Oldland）擅长在轻松幽默的叙事中给读者以深深的触动。他的《驼鹿不怕》（*Making the Moose Out of Life*）是一本打动人心的图画书。这本书与后文将谈到的另一本图画书《大熊抱抱》（*Big Bear Hug*）同时引起了蜡笔屋出版社落合惠子女士的关注。落合女士将这两本书翻译成了日语，其中的理由读完作品就不言自明了。

《驼鹿不怕》

〔加〕尼古拉斯·奥尔德兰特 / 著·绘
郭静、段玉佩 / 译
河北教育出版社 / 启发文化出品
2017 年 7 月版

尼古拉斯是专业的商业设计师，他的插画像剪纸和拼贴画那样，不仅给读者带来温和柔美的感觉，同时还有一种无法言表的趣味，丝毫没有故作深沉的造作，能给读者带来非常愉悦的阅读体验。

主人公驼鹿做什么事都畏缩不前，而他的两个朋友大熊与河狸，下雨天就出去玩水，刮风天就出去放风筝，下雪天就沉迷于滑雪。可是驼鹿讨厌被淋湿，讨厌大风，讨厌寒冷。他只能看着朋友们疯玩，不敢加入他们的游戏。驼鹿孤单寂寞地站在那里，眼神呆呆的。

《驼鹿不怕》内页

时不时地，驼鹿就会感到自己的生活缺少了点什么。“可能是什么呢？”一天，驼鹿这样扪心自问。他开动脑筋思考，去网上搜索，去占卜……他做了各种尝试和努力，还是没能找到问题的答案。但不管怎样，驼鹿的决心促成了他改变自己。

如果要发现自己的生活缺少了什么，就应该去体验生活。

驼鹿乘着帆船出海了。不久，狂风大作，令人恐惧的暴风雨来了。这是驼鹿第一次独自直接面对暴风雨。当他回过神来，已经被暴风雨裹挟到一个小岛上。于是，不管是寻找饮用水、收集木料，还是建造房子，他都得一个人完成。后来，他遇到一只乌龟，一开始他觉得自己无法与乌龟一起做事，但最终他做到了。总之，为了生存必须采取行动，遇到心灵相通的人，便是改变的契机。

时光流逝，驼鹿被一艘路过的大船营救，回到自己的故乡后见到了大熊。当那个曾经非常胆小的驼鹿对大熊说“咱们去悬崖跳水怎么样”时，着实吓了大熊他们一跳。正如此书的书名那样，驼鹿不再害怕了，他获得了新生。

想要改变畏缩不前的自己，即使尝试过各种努力却没有效果，也要下定决心：“如果要发现自己的生活缺少了什么，就应该去体验生活。”总之不要固步不前，要采取行动。未来的生活让人始料不及，人生的道路不会尽如人愿。即使无法预知事物的结局，只要我们每天采取行动，总会找到突破口，终将成功地冲破壁垒，这便是人生的实情吧。在这个过程中，一个与“原来的自己”有所不同的“新的自己”

《大熊抱抱》

〔加〕尼古拉斯 · 奥尔德兰特 / 著 · 绘
余治莹 / 译
河北教育出版社 / 启发文化出品
2011 年 1 月版

便会诞生。用幽默的方式将这种人生奥义讲述出来的图画书就是“图画书之绫”的优秀样本吧。我不由得赞叹不已，连连点头。

另外一本图画书《大熊抱抱》的主人公是抱抱熊、驼鹿与河狸，他们跟在《驼鹿不怕》里的造型相同，我想他们应该是“尼古拉斯系列”图画书中共同的角色吧。

“尼古拉斯系列”图画书中的动物都是善良而温暖的形象。《大熊抱抱》这本图画书的主人公抱抱熊就像他的名字一样，看到什么都会

《大熊抱抱》内页

上去抱一抱。遇到胖兔子，不仅没有吃掉，反倒紧紧地抱住他。遇到体型硕大的驼鹿也会上去抱一抱。我最喜欢的场景当属抱抱熊拥抱森林里的大树，抱抱熊抱着树干那种憨态可掬的样子实在是滑稽可爱。

拥抱是人类表达爱意的最重要的行为，也是一种通过肢体交流的语言。对婴幼儿来说，被妈妈抱在怀里有助于他们心理的正常发育。从这层意义而言，拥抱是有婴儿的家庭不可缺少的“常备药”。有的妈妈在自己的孩子哭着想要抱抱时，竟然不去抱孩子，认为如果老是抱孩子的话，就会推迟孩子的自立。这是一种非常错误的育儿观念，这样做的妈妈真是让人担心啊。

一天，一个拿着斧头的男人来到了森林里，想要砍掉抱抱熊最喜欢的那棵长得最高、最美的大树。他挥动斧头，在树干上砍出一个切口。抱抱熊想从后面一口咬住这个男人，但他做不到。无论多么愤怒，抱抱熊都无法使用暴力。

抱抱熊想了很久，该怎么做呢？最后他干脆一把抱住了那个男人。男人非常惊讶，不由得放下斧头逃跑了。留在原地的抱抱熊，怀着虔诚的心情拥抱了那棵受伤的大树。最后，这个故事在一句“大树觉得好多了”中结束了。

当今世界频繁上演着恐怖袭击和爆炸事件，复仇主义的思潮四处涌动。我们身边的孩子所处的环境也有着霸凌和报复的不良行为。为了终止这些行为，这本图画书可以说是以静默的方式在倡导“放弃暴力，用无条件的爱来温暖人间”的做法吧。也可以说，这是写给忙于工作而忘记拥抱孩子的母亲的书。这本图画书不仅描绘出了抱抱熊强烈的“心之绫”，也淋漓尽致地表达出译者落合惠子内心的声音。

劳作的父亲和他们的工作

我喜欢去东京以外的地方。最近随着乡镇城市化进程的加速，很多乡村街镇失去了原有的特色。我喜欢去的地方被称作“中山间地区”（平原到山地间的一块区域），也就是那些还没有被卷入都市化浪潮的地方。每当我被邀请去这些地方进行关于阅读、图画书或者人生、医疗等主题的演讲，行程方便的话我都会欣然应允的。

我喜欢到这些地方，原因之一当然是我能感受到演讲活动策划者们的热情，而另外一个原因是，这些地区有独特的乡野风景，能看到茁壮成长的水稻、荞麦、蔬菜和水果，眺望着这些养眼的风物，我感到自己的视觉被治愈了。有时候，我能见到陡坡上开垦出的壮丽梯田。每当那个时候，我便会想：“这些山间梯田是什么时候开垦出来的呢？是什么人开垦的呢？他们竟能在如此陡的坡上开拓出一片一片的水田。这得花多少年的时间啊！”我强烈地感受到人类的顽强和坚韧，还有战胜自然的强大力量。

现代人基本上无法体会到先辈们生命的坚韧与生存的艰辛，更不用说把这些讲给孩子听，这真是非常可惜啊。

前几天，我顺路去了一趟位于长野县诹访湖畔的原田泰治美术馆。

原田泰治先生是“望乡之心”系列风景邮票的创作者，这样一位知名画家，我想应该无人不知，无人不晓吧。只有近距离观赏画家的原稿，才能发现画家用在画面细部的气运和笔触。原田先生的风景画的笔触非常精细而慎重，他对日本人的“心灵故乡”的留恋和温情表达，让我再次感动。我认真地欣赏着各种各样的画作，强烈地感受到原田先生那种想要表现超越时代的日本风景之美的真挚情感。我的心被他的画彻底地俘虏了。

看完画展，我在美术馆商店买了几本画册和图画书，其中一本叫《爸爸的隧道》(『とうちゃんのトンネル』)，这是经常能在偏僻山村里听到的民间故事。然而，根据原田先生的后记，这个故事是原田小时候从父亲那里听到的真实的故事。话虽如此，但时间上并不久远，那是二战刚结束时的事情。当时年龄最小、排行第六的原田先生只有四岁，患有小儿麻痹以致后来落下了终身残疾。

故事中的一家人住在长野县的诹访市。当时战败的日本面临严重的粮食危机，城市里的人连米都买不到。因此，他父亲决定举家搬到伊那地区的一个叫伊贺良村的小山村，自己农耕。父亲想让孩子们吃上白白的米饭，但分到手的田地却在高高的山上，山上没有水源，无法汲水浇田。他的父亲觉得，哪怕山上也应该有地下水，于是便用一把十字镐在山坡上挖洞，开凿出一个只能容一个人勉强进出的洞。很不幸的是，父亲被一块巨大的石头阻拦，无法再深挖下去，父亲渐渐有些灰心了。

这时候,正好来看望父亲的泰助喊道:“爸爸,稍微等一下。”然后,他拄着拐杖、拖着因小儿麻痹而行动不便的腿脚急忙回家去了,很快就拿着父亲给他做的木琴回来了。

“爸爸,我在音乐课上学的!”

泰助说完这句话就开始弹琴。

♬小狐狸在山里不断地……♬

木琴轻柔的音调在长长的隧道中回响,缓解了父亲的疲劳。

父亲重新鼓起干劲继续挖掘,仿佛要潜入石头底下。他又挖了好几天,终于能够继续前进了。父亲仿佛自言自语似的说道:

挖隧道就跟人生一样啊,即使碰壁也还会有别的道路。泰助,不要害怕你的腿脚不好,无论遭遇什么困难,你都不要泄气。

父亲每天坚持挖隧道。时光流逝,转眼到了第二年春天,父亲从隧道中飞奔出来,高喊着:“水!水!有水啦!”整个村子的人都听到了他的呼喊。

接下来就是如何把水引到家中和田里,这些工作仍然是非常辛苦的,但一家人同心协力终于战胜了困难。到了第四年,他们终于成功地把水引到陡坡上的梯田里,开始了年复一年的耕种。泰助拖着麻痹的双腿踏进水田里,热乎而柔软的泥土包裹着泰助的双腿,他能稳稳地站起来了。

一个毫不气馁、勇于接受生活挑战的父亲赋予了双腿麻痹的儿子行走的能力和生活的勇气。

这些典型的原田泰治风格的画作不仅充满对“心灵故乡”的留恋，还洋溢着生命的活力，甚至包含直面人生苦难的坚强。这本图画书中的父亲形象，让我朦胧地感受到了原田先生艺术世界的精神原点。

在孩子的性格养成方面，父亲不应是母亲的配角，而应发挥非常重要的作用。能支持孩子去做富有挑战性的事情，自己也能一心一意全身心地投入工作，通过尽职工作对人类和世界做出贡献。父亲的这些行为有表率作用，能给孩子带来潜移默化的影响，父亲的“角色”也就有了十分重要的意义。然而，在现代都市生活中，父亲工作的形象都在孩子的视野之外，孩子甚至都无法见到父亲工作的背影。不管孩子是继承父亲的事业，还是选择完全不同的职业，可以说，孩子幼年时期见到的父亲工作的身姿，以及感受到的父亲工作的意义，会让他们对工作有深刻认知。“只有工作才能生活”“人人都是社会人”“谁都拥有天职”，这些观念将深深地扎根在孩子的心中。

从这个观点出发来看图画书的话，平田昌广和铃木守这一对搭档创作的系列作品《了不起的消防员爸爸》《了不起的木工爸爸》《了不起的面包师爸爸》《了不起的司机爸爸》是非常好的“工作认知书”。

比如在《了不起的司机爸爸》中，孩子从后方隔着玻璃窗凝视着坐在驾驶席上的父亲。乘务员播放发车广播，父亲确认前进方向后，拉动操纵杆，电动火车出发。电动火车到站时，爸爸就慢慢踩刹车。孩子对父亲说：“爸爸，电动火车司机好酷啊。”父亲回答道：“谢啦。不过，司机并没有什么特别的。”父亲告诉孩子还有很多人，比如乘

《了不起的司机爸爸》
〔日〕平田昌广 / 著
〔日〕铃木守 / 绘
田秀娟 / 译
接力出版社
2015 年 6 月版

务长、铁轨保养员、机车维修工，他们都在为电车的安全运行而尽职地工作。这本书中还包含关于电车的机械知识，又有对乘客们言谈举止的描述，是一本能满足孩子好奇心的、读起来很开心的图画书。这个系列的其他书也具有相同的设计和品质。

世界上的爸爸们呀，请你们骄傲地给自己的孩子讲讲工作吧！

现在应读《孩子们的守护者：雅努什 · 科扎克的故事》

这份工作真是有价值啊！在写作和翻译的时候，我的脑海里常会浮现出这种特别的想法，感觉之前的所有工作都是为了创作眼下这部作品而做的演练和准备。

我在翻译图画书《孩子们的守护者：雅努什 · 科扎克的故事》(*The Champion of Children: The Story of Janusz Korczak* ）时，又一次产生了这种想法。

科扎克医生的传记已经有很多了，也有电影和戏剧公映，我想知道他的人应该非常熟悉他的生平吧。但是，我想完全不了解科扎克医

《孩子们的守护者：雅努什·科扎克的故事》

〔波兰〕汤马克·包格奇 / 著·绘
徐德荣、王超 / 译
北京联合出版公司 / 启发文化出品
2018 年 6 月版

生的人也许会更多。有一次，我对周围的人说："我正在翻译一本关于科扎克医生的传记图画书。"让我始料不及的是，居然有人没听说过他的名字，不知道如何回应我，我的话让大家露出了困惑的表情。

既然如此，我还是先简单介绍一下科扎克医生吧。科扎克医生出生于 1878 年，当时日本正处于明治初期。他是家里的长子，出生在

《孩子们的守护者：雅努什·科扎克的故事》内页

波兰首都华沙的一个比较富裕的犹太家庭。幼年时期，他就非常重视成人社会不合理的现象，极富正义感。他用积木建造自己想象中的王国并自命国王，为保护孩子的权利而战。

11 岁时，他的父亲患上了严重的精神疾病，不能继续工作了，一家人失去了经济支柱。为了保障母亲和妹妹的日常生活，他不得不开始工作。尽管如此,他坚持为儿童而战的梦想,希望成为一名儿科医生。于是他一边打工,一边备考,后来考取了大学的医学部。他 26 岁那年，日俄战争爆发了。当时大半个波兰都被俄国占领，年轻的科扎克医生被征作军医，派到战场，在那里他所亲历的事情与自己年幼时认为的正义之战截然不同。不管战争正义与否，无辜的孩子都将被卷入战争，成为战争的牺牲品。年轻的科扎克在救治伤员的过程中看到了战争的残酷，他决定把自己的余生献给儿童保护事业。

30 多岁时，科扎克医生为了救助贫民街区里受歧视的犹太孤儿而创办了一个专门的孤儿院，后来又创立了一个收容波兰孤儿的孤儿院。在孤儿院里，他实施了一项旨在激发儿童的可能性的孤儿院自治制度。孩子们选出了自己的议会，制定了相当于国家法律的一系列规则，甚至还设立了法庭。为了维护这个小社会，他要求孩子们遵守规则，违反规则就要接受惩罚。而在规则教育的过程中，科扎克医生还特别强调原谅和宽容，这种教育精神是难能可贵的。

科扎克医生每晚都去孩子们的宿舍，给他们讲故事和童话。每个星期六还会准备丰盛的晚餐。晚餐结束后，是孩子们自由游戏和看书的时间。

1939 年 9 月，纳粹德国单方面入侵波兰，第二次世界大战爆发，于是乐园般的孤儿院生活，被第二次世界大战破坏了。华沙的所有犹太人都被粗暴地赶到被围墙围起来的拥挤不堪的犹太区，那里缺少粮食和生活用品，整个街区里散发着恶臭。

1942 年 8 月 6 日，纳粹德国的军队向科扎克医生下达命令，让他带着孤儿院里的 200 多个孤儿去遥远的纳粹集中营。那里有能一次毒死 50 个或是 100 个犹太人的毒气室。

这本书的作者，如今活跃于美国的波兰裔犹太图画书作家汤马克・包格奇（Tomek Bogacki），在书的最后部分描写了科扎克医生被勒令带着孩子们从犹太区去火车站的场景。

大约两百多名孩子排着整齐的队伍从犹太区往火车站进发，64 岁的科扎克医生右手抱着最小的一个孩子，左手牵着一个孩子走在队伍的最前头。[1]

周围的人们注意到孩子们竟然如此镇静和沉着。他们不知道的是，孩子们之所以如此平静，是因为他们和雅努什・科扎克在一起。和他在一起，孩子们就能安心。

这一页的画面与文字描写一致，完美地呈现出孩子们列队整齐，个个都睁圆眼睛，肃穆地跟在科扎克医生的身后。初读英文原文时，我的内心受到极大的震撼，这是何等的沉着与镇静啊！

---

[1] 此书中文简体版未收录此段文字描述。——编辑注

2009年夏天，编辑推荐我读这本图画书时，我就想，这种好书无论如何我都要翻译，我想翻译的冲动是非常强烈的。如愿成为这本书的译者后，在翻译的过程中，我有好几次都无法抑制住感动的泪水。

在图画书的开头，科扎克医生已经成长为一名青年，他去给老城的孩子们送吃的，带去希望。画面中的科扎克医生看到路上衣衫褴褛的孩子，脸上露出怜悯的表情。作为特写，这个画面中的一个贫困少年注视着读者，他那对空洞而悲伤的眼睛仿佛看透了自己未来的人生苦难。那种眼神让每一个读者都无法释怀，那双眼睛迫使我们思考这个社会不合理的根源在哪里。

凝视着这双眼睛，我的脑海里突然浮现出一张少女的脸。她是土门拳的写真集《筑丰的儿童》封面上的那个女孩。那是50年前的1960年1月，那时我即将结束自己四年的大学生活。在书店里平放着的一叠新书的旁边，我偶然发现了那本散发着独特气息的写真集，被封面上的那个女孩吸引，便买下了那本书。

当时日本的煤炭行业已经走向没落，被称作“炭住街”的煤矿工人聚居区变成了贫民窟。尽管如此，孩子们还是会成群结队在街道上玩耍，而少女留美和妹妹大多数的时间都是在家中度过的。母亲到外地去打工再也没有回来，父亲患了酒精中毒症。留美的家像工棚一样破败不堪。才10岁的留美不得不担负起照料父亲和7岁妹妹的责任。这本写真集封面上的留美半张着嘴，含着右手的食指，虽然她直视着我们，但眼神却很迷茫。我们不知道她在看什么，她的双眼空洞洞的，完全没有属于童年的光。她眼睛里弥散着的阴霾，仿佛是对今后人生苦痛与悲惨命运的预示。在我的脑海中，她那空洞的眼神与华沙贫民街上的那个贫困少年的空洞眼神重叠了。

当时我 23 岁，即将进入新闻界开始我的记者生涯。看到土门拳的《筑丰的儿童》对我来说是一次非常重要的偶遇，可以说，这本书为我指明了方向，让我明白一名记者应该关注什么。时光流逝，50 多年过去了，为守护儿童而奉献毕生精力的科扎克医生的传记图画书让我想起了留美的眼神，我再一次与忧郁、悲伤的孩子的眼神相遇了。我想，正是那个男孩的眼神让我有了要翻译这本图画书的冲动。

画家汤马克·包格奇擅长描绘人的内心情感。特别是科扎克医生被勒令带孩子们去纳粹集中营时，从犹太区出来前往火车站的那个场面十分令人感动。科扎克医生的朋友们想办法让他从纳粹集中营逃走，可是科扎克医生说，他不想辜负孩子们的信任，不想让孩子们陷入不安的处境，他拒绝了朋友们的好意。

火车将科扎克医生一行送到华沙以北大约 80 公里的特雷布林卡集中营。到达集中营两周后，科扎克医生和 200 多个孤儿被一同关进了毒气室。

虽然科扎克医生没能拯救孩子们的性命，但直到最后一刻，他都想要尽力缓解孩子们的不安和恐惧，寸步不离地陪在孩子们身边。

在“3·11”日本大地震中，一些孩子失去了骨肉至亲，失去了家园和城镇，他们的心灵受到了严重的创伤，一位致力于治愈这些孩子的医生对我说：

儿童有心理创伤是很可怕的，如果不及时干预，可能在四五个月后发展成 PTSD（创伤后应激障碍症）。需要在孩子还没有发展成 PTSD 之前，缓解甚至治愈他们的心理创伤。现在是我们向科扎克医生学习，保护儿童的时候了。

科扎克医生的精神高度远超出了他生活的那个时代，也不只是在抗议犹太人歧视问题，他的行动和思想具有普遍性的意义。在弃婴和虐童等事件频发的日本，儿童生存的环境正在恶化，如今我再次感到弘扬科扎克精神具有重要意义，且越来越紧迫。

生命轮回，期待明天

因遭遇不幸而悲伤的人，如何才能重新振奋精神，燃起对生活的希望呢？在“3·11”日本大地震引起的海啸中，失去家人和亲友，甚至失去家园的人很多，算起来应该有数十万吧。大量居民由于核泄漏而不得不四处避难，因病情恶化而死在避难途中的“震灾衍生死亡者”，以及因核泄漏而无家可归的人，仅在福岛县至少就有几十万。地震过去一年半了，还在避难中的人大约有十六万。

这些受灾居民如何才能获得重生的力量呢？这是一个十分严峻的社会课题。

尽管受灾地发起了很多援助活动，但对失去亲人而萎靡不振的灾民来说，他们重获新生的机缘并不相同，因为每个人都是不同的。每个人的价值观、家庭关系、生活样貌、人生状态、人际关系，以及工作和经济基础都是不同的。

尽管一本图画书对人的内心产生什么程度的影响因人而异，但我确信，图画书能唤起读者的内心感应，具有让读者的心灵平静下来的力量，这是一种直抵灵魂深处的力量。下面介绍的两本图画书《一朵花》(『いちりんの花』) 和《树宝宝》(『木のあかちゃんズ』) 都是大地震后出版的作品。尽管作品中没有一句关于地震的描写，却深刻地表现出生命与生俱来的再生能力，作者的叙述营造出的氛围足以触动每一个读者的心灵。

《一朵花》是为已故日本画家平山郁夫先生还愿的作品，由平山郁夫的女儿兼诗人平山弥生女士撰写文字，平山先生的妻子平山美知子女士绘制插画。提到平山郁夫先生，大家脑海中浮现出的可能是他创作的大量以深褐色为主调的中国丝绸之路的画作。

这本图画书实现了平山郁夫先生的两个遗愿。一是关于妻子美知子的。平山先生曾在一篇文章中写道:“希望我去世后她能继续作画。”这似乎成了他公开的遗愿。编辑说，美知子女士当年在东京美术学校（现东京艺术大学）日本画系毕业时的成绩是最优秀的，但与平山先生结婚后就放弃了绘画，专心养育孩子，辅助丈夫的事业。现在已经 80 岁的她，看到丈夫平山先生的遗言，便不在意自己的年龄，开始了创作。

平山先生还有一个遗愿。作为在战争年代度过青春期，被战争夺去很多长辈和朋友的一代人，他强烈地祈愿一个没有战争、永远和平的世界的到来。弥生女士将父亲的遗志用语言表现了出来。《一朵花》像《圣经》开头部分的创世记故事，文体类似诗歌体，内容虽然简单质朴，但饱含着强烈的情感。

很久很久 很久以前

天和地 连在一起

不久，天地分开，大雨倾盆而下，神带来了美好的馈赠：太阳、月亮，还有一朵盛开在大地上的花。那朵花逐渐盛开，一直开放到遥远的大地尽头。美知子女士在整个页面采用黄褐色调的木版画，焦黄的叶子和黄土色的花，非常有视觉冲击力。人们开始栖居，村庄和国家出现了，神告诉大家只要“握手”就能相互理解，然而可悲的是，战争爆发了，很多人死去，花草和树木消失了，小鸟和其他动物也不见了。即使这样太阳仍照耀着大地，自然界得以生生不息。月亮带来安宁，让大家不再迷路，繁星为大家指明前进的方向。

我们能从深深的、深深的悲伤中走出来吧。

在本书的后记中，弥生女士写道：“希望每个人都珍视心中的那朵花，让它能够永远地盛开。”

《树宝宝》是伊势英子为地震海啸受灾的群众和核泄漏事故受难者特别创作的。“3·11”大地震发生后，她问自己：“作为一个图画书作家我能为受难者做些什么？”灵感出现，她用不到一个月时间就完成了这本图画书。通常创作一本图画书从构思到取材、修改结构、打磨文字、绘制图画，需要一年到三年的时间，而伊势英子能在一个月内完成，一定是由于她急着为受灾的孩子们做些什么，这种紧迫感加快了她的创作速度吧。最近伊势英子为树木和森林中的生命气息所打动，正在学习关于植物的知识，画了很多素描。

《树宝宝》的叙事是轻松愉快的，书中将橡子等草木种子比作人类的婴儿，花草树木即使枯萎了，它们的种子还会再生，这便是生命轮回的美好。

虽说都是橡子宝宝，但也有很多种，“圆圆的、尖尖的、细细的、鼓鼓的、扁扁的、毛茸茸的、滑溜溜的……”。橡树的宝宝长着茶色头发，非常奋发向上，青冈栎和日本常绿栎宝宝的斗笠（帽子）是尖尖的，栗子树宝宝被带刺的外壳保护着。

树木的种子不仅有榛子状的，还有很多小小的种子，从树上掉下来的方式也多种多样。梧桐树宝宝像坐小船一样随着叶子飘落下来，菩提树宝宝像乘直升机一样，两两撑着叶子飞下来。

就这样，树宝宝们像长着可爱小屁股的人类婴儿那样，插画家给他们分别戴上符合各自特征的帽子进行区分，书中的文字也非常幽默风趣。

哥哥，你不要松手哦！

不想和宝宝分开，

想一直抱着宝宝……

终于，

光叶榉妈妈让宝宝和她的枝桠一起掉了下去。

就这样，树宝宝们都落到了地上，这是属于森林的最后大团圆的风景，文字这样写道。

总有一天，我们会重逢。

这本图画书给我们带来“生命终将延续”“生命永生”的安全感。越是身处艰苦的环境之中，越能感受到生命的精彩。

呵护处于困境中的童心

困境中儿童的内心世界

我们正在经历日本社会的困难时期。经济危机、阶层差别、城镇和农村的分化、经济贫穷阶层的扩大、高失业率、无解的老人医疗和社会福利问题等，我们在面对这些社会问题的同时，日常生活中还存在着家暴、虐童、漠视儿童、育儿疲劳、家庭崩坏、父母自我中心化倾向、校园霸凌等问题，可以说，这一代孩子正处于一个艰难的时代。

这个社会已经够残酷了，可是“3・11”大地震还是来了。从东北到关东，无数人受到海啸和核泄漏事故的影响，他们失去了赖以生存和生活的家园和土地（包括农田、山林），失去了居住的城镇和乡村，失去了工作，未来的生活何以为继?！在前途无望的情况下，还要被迫踏上逃难之路，暗淡的生活日复一日。对孩子来说，现在的环境是最残酷、最恶劣的。需要进行心理疏导和心理疗愈的孩子不在少数。

这种天灾发生的情况姑且不论，我们这些大人到底有没有切实地理解孩子内心的问题呢？我们如何才能真正理解孩子的内心呢？如果对孩子内心的问题置之不理，那么孩子的性格很可能会出现严重的扭曲。也许是纯属偶然，英国的临床心理学家玛戈・森德兰（Margot Sunderland）与插画家合作出版了一套易于理解的分主题的《英国经典儿童情感管理图画书》系列。这套书的日文版由临床心理咨询师森幸子（庆应义塾大学综合政策学部副教授）女士花了三年时间翻译完成。

这套书选取了九个常见的儿童心理问题，每本图画书针对一个心理问题。故事的主人公或是儿童或是动物，每本书都详细地描绘了主人公克服心理问题的过程。不仅如此，作者还为每一本图画书（也就是每一个心理问题）单独配了一本导读手册。导读手册也作为独立作品出版，是从临床心理学的专业视角对儿童心理进行的解读，以便家长理解具体的问题。导读手册是由九个不同的日文译者翻译的，但整套书由庆应义塾大学医学部助教兼儿科医生关口进一郎先生审校。也就是说，这套书共有十八册，而其中的任意一册都可以分开单独购买。

我从这套图画书中选取第三本《小男孩“没关系”》（*A Nifflenoo Called Nevermind*）和第五本《大海消失了》（*The Day the Sea Went Out and Never Came Back*）进行介绍。

《小男孩“没关系”》的配套导读手册的书名叫《教孩子学会表达情绪》，正如书名所揭示的那样，这本图画书是以儿童的“感情压抑问题”为主题的，这类儿童的表现是将悲伤、愤怒、生气、反抗的感情压在心里不发泄出来。

主人公是个被称作“没关系”的小男孩，他想去公园里荡秋千，便开心地出门了。可是小霸王特德正占着秋千，还轻蔑地对他说：“你别想荡秋千，因为我永远永远都不会下去！”尽管被这样无礼对待，但“没关系”也只说着“没关系”，他把悲伤的情绪放进裤兜里。

哪怕是最要好的朋友抛弃自己去找别人玩，哪怕是被别人说身上的味道很难闻，哪怕是被别人戏弄沾了一头果酱，他也将气愤、痛心、悲伤和害怕的情绪压抑下来，说着“没关系，没关系”，忍过去。书中连续表现了一个儿童压抑自己内心情绪的典型场面。如果一个儿童，不管发生什么样的情况，都采取同样反应的话，他的心理发育会被延缓甚至发生扭曲，这将导致严重的心理问题。

这里有一个日本女孩的真实案例。女孩一岁时，母亲忙于照顾生病的父亲和刚出生的婴儿，女孩基本上没得到妈妈的照顾。因为缺少妈妈的拥抱，她的内心很寂寞，亲子感情越来越疏远。她无法发泄不能出去玩耍的孤独感，无法缓解时而涌上心头的怒气。尽管只有一岁，可是她在生理和心理上却已形成了自我压抑的反应模式。不仅如此，在语言发展方面，她缺少日常交流中的语言理解力，无法同他人实现共情，也没有能谈心交流的好朋友。她小学三四年级的时候，只要同学做出让她不开心的事，她的愤怒情绪便会爆发，甚至会使用暴力。这样的情绪终于在她六年级时，酿成了不幸的凶杀事件。

图画书中“没关系”遇到了聪明的红鸟。红鸟对他说：“无论如何，你也不能一直这样下去啊。瞧，你的情绪都漏出来了！”这时“没关系”看到自己的气愤尖尖的，把雏菊们扎得不断尖叫。他的悲伤变成了灰色的浓雾，惹得开派对的便便们很不高兴，因为它们的气球都漏气了，生日蛋糕也变得湿漉漉的。

聪明的红鸟接着说道：“一个人来管理所有的情绪是孤单而困难的，找个人来帮帮你吧！”“没关系”终于第一次流下了泪水，这引起了一场小洪水。“没关系”又生气地大吼。接下来他向聪明的红鸟坦白了一直以来压在自己心里的情绪，他感觉好多了，也轻松多了。后来他一直保持着轻松的心情。

第五本《大海消失了》的导读手册的书名叫《教孩子学会面对失去》，主人公是生活在海边沙滩上的小龙埃里克。埃里克喜欢看潮涨潮落，每天都在海边眺望海浪。他喜欢在海边用沙子堆成城堡，潜入海底深处，寻找可爱的鱼和贝壳。

可是有一天，海水退去了，再也没有回来。他每天以泪洗面。一天，一朵小野花从埃里克面前那块硬邦邦的石头的裂缝里长了出来。埃里克为了找水浇花沿着沙滩跑，路上他遇到了一只年长而有智慧的狗，名叫海浪。海浪把自己喝的水给了埃里克，埃里克端着水以最快的速度跑回小野花身边……他对海浪讲起了关于大海的一切；在跟年长的大狗海浪讲述与大海的美妙回忆时，他突然意识到，自己对大海的记忆已经成了脑海里最珍贵的宝物。埃里克与海浪一起用石头堆了一个水池，后来花儿开得越来越多，大家从四面八方赶来欣赏这个小小的池塘花园。这个故事的意义不用细说想必大家也能明白。不仅是小孩，大人也一样，很多时候只要一个小小的契机，就能从失去的失意中逃离出来，重新获得生的希望。

即使是描述儿童的心理问题，图画书也拥有使人身临其境的表现力和感染力，蕴藏着奇妙的可能性。希望从事儿童保育和教育工作的人能够让所有的父母都来读一读这本图画书。

儿童对重要事物的感知

我观察了一下比利时新出版的图画书，发现很多书以儿童能理解的方式在讲述人生的重大话题，比如人生在世最重要的东西是什么，如何从生离死别的悲痛中重获生活的力量。我感觉关注这些话题的图画书作家还真不少。

这是我在翻译比利时图画书《象老爹》（*Old Elephant*）和《但是，我还要继续生活》（*Depuis ce jour...*）时感受到的东西。这两本图画书都有舒缓的故事情节，画面也是以温暖、带着怀旧风格的水彩画呈现。

我新翻译的另一位作家的作品《玛莉和奶奶的秘密花园》（*Mare en de dingen*），无论在故事结构方面，还是绘画构图方面都堪称独特，是一本具有感染力的图画书。

据说文字作者缇娜·莫华尔（Tine Mortier）是一位出生于比利时弗兰德斯的四十来岁的妈妈。她抚养着三个孩子，在地方上从事文化事业，她是一个创作力充沛的图画书作家。图画作者卡洁·菲尔麦尔（Kaatje Vermeire）也出生于弗兰德斯，三十来岁。她擅长用蚀刻画、木版画、拼贴画等的创作，运用多种媒材和技法，呈现出的画面具有超强的感染力和十足的个性。这本书中的主要人物、动植物的造型和描线也非常扎实，每一页插画的艺术性和完成度都非常高。

故事开始就吓人一跳。为什么这么说呢？因为主人公玛莉这个小姑娘是妈妈在樱花树下醉心阅读时降生的。明明就要生产了，可是她妈妈觉得还没到生的时候，像往常憋尿一样还是执着地读书。这时小宝宝忍不住了。

让我出来，我立刻就要出来！

她压挤拉扯，拳打脚踢，直到呱呱落地。

从一开始，玛莉这个具有强烈个性的小女孩就给读者留下了深刻印象。

书中的第一幅画是从灿烂的樱花树上向下看的俯视图，透过树枝的缝隙，我们能看见树下的妈妈和站在旁边穿着洋装的玛莉。玛莉和妈妈的形象画得非常写实，而樱花树、樱花和小鸟则是清爽的简笔画风格。

下一页突出描绘的是三四岁的玛莉，她站在花田里，穿着有白色水滴花纹的红色连衣裙，一顶大大的绿色帽子压到眉毛上，嘴和下巴向前伸，低头看着前面，一副好像要把自己推出去的表情，彰显出强烈的个性。出生后六个月，她就能绕着池塘跑一周，不到一岁就会说话，说出口的第一个单词是“饼干”。那是因为玛莉非常喜欢奶奶，她和奶奶都喜欢吃饼干。

也许是因为脑中风，玛莉的奶奶突然摔倒被送进医院治疗，恢复意识后基本上丧失了语言能力。大人都听不懂奶奶说的话，有时该回答“不”时她却回答“是”。奶奶想要吃马铃薯时，大人却给她盛一碗汤。只有玛莉通过观察奶奶的口型，再加上能听懂的只言片语，学会了正确理解奶奶想要表达的意思，玛莉对大人敷衍奶奶的做法感到很生气。

不久爷爷突然去世了。奶奶哭过后，说想最后见爷爷一面。医院的护士拒绝了奶奶的请求，这让玛莉非常生气。

走开，一群笨鹅！如果不肯帮忙，我们自己来。

奶奶居然自己越过病床扶手坐到轮椅上，玛莉推起轮椅。这是多么伤感的一幕啊。排成一排的白衣护士就像站在磨砂玻璃后面似的，他们的脸仿佛笼罩在朦朦胧胧的雾气之中。画家没有描绘她们的脸庞，她们就像没有情感的机器人。穿着红色连衣裙的玛莉和穿着绿色花瓣连衣裙的奶奶则是十分鲜艳的颜色，显示出玛莉内心强烈的意愿。这是多么具有象征意义的场景呀！

再翻过一页，玛莉和奶奶在棺材旁温情地注视着长眠的爷爷，文字是这样的：

“嗨。”奶奶说。她抚摸爷爷坚硬的头发。

然后，奶奶微笑着对玛莉说：“饼干。”

医护人员往往容易从医学的专业角度出发分门别类地诊治病患，却忘记了不能先入为主地判定患者的思想和感情，而要好好思考每个患者现在最重要的需求是什么。

而玛莉就不同了，尽管她还年幼，却没有医护人员那种先入为主的观念，她能准确理解自己最爱的奶奶的心情，从而让奶奶跟爷爷做了最后的告别。

我不止一次这样写道：孩子的理解力是超乎成人想象的，生命中那些最本质最重要的东西他们是能够理解的。大人总是认为不会说话的孩子什么都不懂。其实不然。

孩子不能通过语言表达自己，并不是说他们什么都不懂。他们是能够感受到生活和生命中那些重要的东西的。

这个道理不仅弥散在文字作者缇娜·莫华尔的字里行间，也被画家卡洁·菲尔麦尔通过玛莉的细微表情和言谈举止细腻地表现了出来。

奶奶病倒住院的时候，爷爷为了不让玛莉担心，便说“奶奶被绊倒了”。然而，玛莉却的心理活动却是：

玛莉一点儿也不相信。

她说：

他们说谎，他们睁眼说瞎话。

这个场景中，除了玛莉，其他部分——包括说话的爷爷，长椅、树木、庭院——全部都用黑白的木版画来表现。另外，坐在轮椅上的奶奶甩开护士们要去见爷爷的那个场景中，描绘了玛莉愤怒地看着伸出双手想制止奶奶的护士们的样子。玛莉那严肃的表情仿佛在呐喊：“现在不能让奶奶见爷爷一面的话，她就永远失去了最后的告别机会。你们这些大人为什么连这件人生最重要的事情都不明白呢？”

这是多棒的一本图画书啊！我被书中的场面震撼了。于是，我想起了南丁格尔的那句话：

护士要对未曾经历过的事情保有感知力。

孩子注视自己的时候

没有比观察孩子更有趣的事情了。我有一个一岁零四个月的孙女，她叫架音。由于与她住得比较近，我们可以经常见面。无论是在家里玩，还是带她到外面玩，观察她的一举一动是十分有趣和享受的事情。

对婴幼儿来说，户外的一切所见所闻都可以说是人生的第一次体验。道路两旁的花草和石子都能成为他们惊讶与感动的对象，嘴里说着“这个、这个”，并指给大人看。尽管他们还只能说零碎的词句，但只要他们见过的东西，教过他们的东西，他们都会牢牢地记住。

有一次，她走进我的画家妻子的房间，看到装着大提琴的琴盒时，她被那巨大的体积和奇怪的形状吓住了，那一瞬间，她仿佛见到怪物一样，吓得连连往后退。妻子赶紧说：“那是大提琴，大提琴……”妻子打开琴盒，拿出大提琴拨动琴弦给她演示了一下。即便如此，孙女还是一副恐惧的表情。过了几天，架音偶然看见了妻子所画的一幅大提琴的画，便用手指着，看着妻子的脸说：“大提琴、大提琴。”妻子非常感动，表扬她：“对，就是大提琴，你认出来啦！”架音听到表扬露出了高兴又满足的表情。

不管对大人来说是多么细碎的事情，对孩子来说都是生命中的第一次看见、第一次相遇和第一次经历。随着这些经验无数次的累积，他们就能逐渐记住那些语言，增强感受力，理解事物间的关联。

我经常感到“孩子有无限的可能性”。在家里给孩子读图画书，对孩子的发育究竟有多大的影响？我相信亲子共读图画书有一种神奇的力量，可以激发出孩子与生俱来的可能性，这正是我极力主张并推广图画书阅读的重要原因。孩子会向我们证明图画书的巨大影响力。

之前，我多次介绍了在东京都荒川区开展的图画书阅读推广活动。每年夏天我向小朋友们发出邀请："如果在听家长读图画书或者自己读图画书的时候，有让你特别感动和开心的事情，请写信告诉柳田先生吧。"这个征集活动分为儿童组和成人组，每到秋天我都能收到几百封来信。每一封信里都有将自己投身到图画书故事里的孩子，讲述着他读图画书时的发现和感受。读着这些来信，我心中泛起层层感动的涟漪。

读图画书的孩子会体验到什么，实际上是因人而异的。我来介绍几封信吧。

汐入东小学一年级的杉谷遥华小朋友，读了《我们一起玩吧》(『あんなになかよしだったのに』) 给我写来了信，那是一封读起来让人十分高兴的信。

"ご/ぼう/むし（牛蒡虫）"指的不是牛蒡里生的虫，是小达把"きのうはごめんね（昨天对不起了）"中的"ご"，"いっしょにあそぼう(一起玩儿吧)"中的"ぼう"，"ちいはよわむしじゃないよ(小启不是胆小鬼)"中的"むし"连在一起（ごぼうむし）说出来的词语。小达想着快点跟小启和好，想再跟他一起玩，才一时心急说成了"ごぼうむし"(你不是鬼哟！)。原来这个词有和朋友和好的意思……

《我们一起玩吧》

〔日〕笠井真理 / 著 · 绘
肖珊 / 译
二十一世纪出版社 / 尚童童书出品
2013 年 2 月版

这个故事讲述的是两只小熊小达与小启玩耍时吵了架，小达去找小启道歉却心里慌慌张张地，把“对不起，一起玩儿吧，你不是胆小鬼”说成了“你不是鬼哟！”，但是后来他好好地给小启解释清楚了，两个好朋友终于又和好了。

遥华小朋友写道：“这本图画书最宝贵的地方在于，它让我知道了吵架后要道歉，要考虑对方的心情。”在阅读中，她将自己当成了小达。

那天优娜同学穿着短裙，她跳起来的时候露出了内裤，我看到就嘲笑了她。那天她没跟我玩，是因为我忘记说“对不起”了。（部分省略）下次，如果优娜同学提起来的话，我会向她道歉的，如果她忘记了，我也会在心里郑重地向她道歉。

孩子长到 7 岁，就像突然停下来似的审视自己的言行。让孩子在阅读中观照自我，审视言行，这正是图画书的伟大之处。

第五峡田小学三年级的中泽洋斗小朋友，他正在学习打篮球，但是因为个子太矮，总是投篮不中。然而，在暑假里，他想起了一件与

《小黑鱼》

〔美〕李欧·李奥尼 / 著·绘
彭懿 / 译
南海出版公司 / 爱心树童书馆出品
2010 年 1 月版

篮球无关的事情，他记得自己二年级时在戏剧节上表演过图画书《小黑鱼》（*Swimmy*）的舞台剧，便又把这本书读了一遍。这本图画书讲述了小黑鱼的兄弟姐妹都被大鱼吃掉了，小黑鱼跟许多同伴一起组成大鱼的形状，使大鱼不敢再来袭击的故事。洋斗说，从去年学习打篮球开始，他注意到了以前从未留意过的很多东西。他这样写道：

我不仅明白了要有勇气，要动脑子，更懂得了尽管我与别人不一

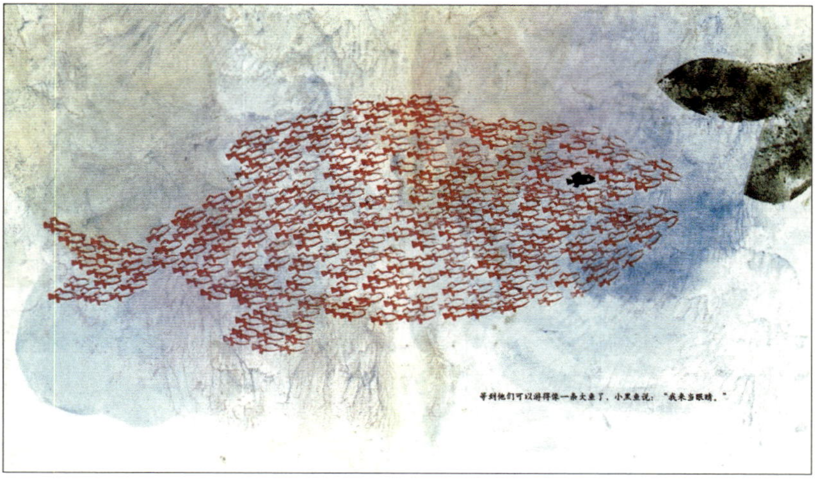

《小黑鱼》内页

《獾的礼物》

〔英〕苏珊·华莱 / 著·绘
杨玲玲、彭懿 / 译
明天出版社 / 信谊图画书出品
2017 年 11 月版

样，但只要能发现自己的长处，加倍努力，就能够战胜困难（他三年级时，曾在体育课的跑步测验中得了全班第一名）。我学会了这样想："虽然我个子矮，但要坚持锻炼，好好练习打篮球，不能输给高个子的同学。"

第五峡田小学五年级的田中菜梦小朋友，读了图画书《獾的礼物》

《獾的礼物》内页

（*Badger's Parting Gifts*）以后，有很多心灵上的收获，让她“改变了对死亡的看法”。

菜梦因为自己的爱犬美可的突然死亡而感到悲伤，连饭也不怎么吃得下，和家人交流的时间也变少了。“美可什么坏事都没做，它为什么就死了呢？”菜梦一直闷闷不乐，她这样跟自己对话。

这时候，她遇到了《獾的礼物》这本图画书。全村都非常敬爱的獾去世了。动物们度过了一个悲伤的冬天。春天一来，大家便集中起来谈论獾教给自己的技艺，于是大家的内心变得温暖起来。菜梦同学说，她读了这本书后，总是念念不忘，悲伤的心情发生了很大改变。

我觉得獾一定会听到大家感激与想念他的话。我也希望美可听到我的心声，于是我就跟家人一起谈论关于美可的美好回忆。这样一来，开心的回忆渐渐涌上我的心头，我比以前更喜欢我的美可了。

宠物死亡是令人伤感的，但通过与家人谈论爱狗美可的事，我就不会忘记那些美好的回忆，而且能向周围的人诉说美可的好。

才 11 岁的小朋友，就能够体悟到哀伤辅导（grief work）的真谛，并且践行，这是多么了不起的事情啊。不得不说，孩子的感性远比大人所想象的更加丰富，拥有无限的可能性。

小小的一步，大大的成长

每年我都会收到很多孩子和家长发来的以“柳田老师，您好！”

开头的信件。前面介绍了我在东京荒川区开展的“图画书阅读推广活动”，引起了很大的反响。2011 年是我第四年组织这个活动，收到了 529 封小学生的来信和 20 封父母的来信。

如果家庭生活过度依赖手机、电脑和电视的话，家庭成员就会越来越远离阅读，家人之间的沟通也会变少，孩子的心智成长也容易出现问题。我发起图画书阅读推广活动的目标就是要推动大人给孩子读图画书，在亲子共读中启迪人生思考，收获生命的感动。

我从众多读后感中选出那些情真意切的来信，按照儿童组和成人组分别授予“柳田邦男图画书阅读奖”大奖、优秀奖和鼓励奖。这里我想介绍一封获得成人组大奖的来信。这是荒川区的一位妈妈吉田千枝女士的来信，她的来信叫《在图画书阅读中再成长》，那封信好像一个学术报告。

吉田女士育有一个三岁的儿子，叫有杜。2011 年夏天，他们母子为了避暑常去荒川区公共图书馆阅读图画书。那时，受核泄漏事故的影响，当地政府要求居民节约用电，号召居民尽量去图书馆等公共场所避暑，荒川区发布“荒川区内避暑地”的公示。吉田女士立刻响应号召，带着儿子去图书馆，他们母子在那里度过了一段共读图画书的时光，让她体验到身为母亲的心灵再成长。

在图书馆里给儿子读图画书时，让她感触最深的图画书是《一点点儿》(『ちょっとだけ』)。故事的主人公小南与她的儿子有杜同龄，小南的妈妈忙着照顾新生的小宝宝，小南便得不到妈妈的照顾，她什

《一点点儿》

〔日〕泷村有子 / 著
〔日〕铃木永子 / 绘
唐橙橙 / 译
光明日报出版社 / 双螺旋童书馆出品
2014 年 10 月版

么事情都得自己做。

出门的时候，妈妈抱着小宝宝，没有办法牵着小南的手。无奈的小南只好拽着一点点儿妈妈的裙角，跟在后面走。小南想喝牛奶时也只能自己从冰箱里取出重重的盒装牛奶。倒牛奶的时候洒出来很多，杯子里只倒进一点点儿。晚上换睡衣也要自己做，她要自己系扣子，手指弄得好疼，但总算成功了一点点儿。就这样，小南独自一个人完成了很多事情，虽然只是成功了一点点儿，但总算是成功的。

吉田女士这样描写她的三岁儿子看到小南洒牛奶的情景：

看到那一页，有杜竟脱口而出："哇！好厉害！"他让我吃了一惊。对小孩来说，自己做成一件事竟然会带来那么大的欢喜，哪怕并不十分完美，只是一点点儿的成功。

换成我让儿子自己倒牛奶，我肯定会担心地嘱咐他说："小心点儿，别洒出来啊。"并且会在一旁看着他。如果他倒洒了，说不定我会责备他说："不是要你小心，不要洒出来吗？"我想我一定不会关注倒进杯子里的那"一点点儿"牛奶的。

《一点点儿》内页

这的确是一个非常重要的大发现，我们大人很容易只看到孩子的失败和没能做好的事情，这样一来孩子们就会丧失自信，丧失挑战的勇气。

接着，吉田女士这样写道：

我不记得儿子为自己成功了“一点点儿”而高兴的时候，我是不是对他发过脾气，这本图画书带给我深刻的思考和反省。孩子的失败是很平常的事，我们不应该忽略他们那些“一点点儿”的小成功，一定要认认真真地夸奖孩子，和他们一起开心。我这样暗下决心。

虽然有杜才三岁，但他对小南的努力产生“哇！好厉害！”的反应，表明他已经感受到成功带来的喜悦和感动，那种感动的体验将深深地留在他幼小的心中，将来有杜一定也会产生“我要试试看”的想法。如果父母一味地责备孩子，就会降低孩子去挑战的欲望，让孩子失去成就感。当这样的孩子将来成为人之父母的时候，肯定也会像自己当年被父母教育那样对自己的孩子说：“我不是说过要小心的吗？”父母对待孩子的语言和行为，自己也许觉得无所谓，但会对孩子的人格养成造成巨大的影响。

图画书中的小南，在公园里玩累了回到家里，开始跟妈妈撒娇，她对妈妈说：“妈妈，你抱我一下下好吗？”这是一直在隐忍的小孩子压抑的感情得到释放的重要瞬间。妈妈回答：“可是妈妈不想只抱一下下呀。妈妈想给你一个大大的拥抱，可以吗？”小南露出灿烂的笑脸，说：“当然可以啦！”小南享受着妈妈大大的拥抱，尽情地闻着妈妈身上熟悉的味道，安心地睡着了。哪怕一天只有一两次亲子相拥也好，这样的瞬间可以消除孩子内心的疏离感，增加他们对妈妈的信赖，获得童年成长的力量。

吉田女士意识到了这个大问题，于是读完这本图画书后，她对自己的儿子有杜说出了小南妈妈说的那段话，有杜用最灿烂的笑脸回答说：“好的！”我真切地感受到这是非常美妙的母子情。

作者泷村有子的另一本图画书《手心的魔法》(『てのひら』）中的妈妈也做得同样出色。三岁的由美开始上幼儿园了，但她却整天闷闷不乐。不管是坐在幼儿园的校车上，还是在幼儿园里，她都沉着一张脸，紧紧地抿着嘴，不与大家一起玩耍。妈妈想了好久，终于想出

《手心的魔法》

〔日〕泷村有子 / 著
〔日〕藤田阳生子 / 绘
彭懿 / 译
青岛出版社 / 小海螺童书馆出品
2016 年 6 月版

来一个好主意。“妈妈给你画一个魔法圈圈吧！”说着她用记号笔在由美的手心里画了一个小小的☺。妈妈每天都坚持给她画笑脸，由美有了好多好多个☺。

于是在坐幼儿园校车的时候，在幼儿园画画的时候，在与大家一起唱歌的时候，在幼儿园吃饭的时候，由美都会悄悄地看一眼手心里

《手心的魔法》内页

的☺，这样她就能打起精神来。

即使是再内向或封闭的小孩子，只要有人一直关注她，她就会慢慢地打开心扉，融入集体之中，开始好好地与人进行交流。这可以说是“大大的拥抱”的变形吧。现在日本社会的家庭有小型化的趋势，年轻的妈妈们容易产生内心孤独和育儿压力，泷村女士的图画书可以说是一位“育儿达人”写给年轻妈妈们的育儿经吧。

呵护受伤的童心

东京秋叶原的“无差别杀人”事件，东京池袋和下关市的强盗杀人事件，这些已经让我心烦意乱了。然而 2001 年，17 岁少年的系列杀人事件——不管是谁，见人就杀——以这样的理由杀害无辜的近邻和路人，让我无法理解！这样的事件为什么频繁发生？我觉得这个国家正在变得奇怪和不可理解。

以前好像确实没发生过类似事件。当然也有使用暴力的青少年，有过“不良少年”的说法。不管在什么时代，人们都会给施暴少年贴上这样的标签。可是，最近发生的系列事件，性质却是全然不同的。

我喜欢英国作家约翰·伯宁罕（John Burningham）的图画书《爱德华——世界上最恐怖的男孩》（*Edwardo:the Horriblest Boy in the Whole Wide World*）。这个故事的主人公爱德华是一个被人们讨厌的头发乱糟糟的粗暴男孩。尽管是一个粗暴的孩子，但伯宁罕投去的却是温柔的目光。

《爱德华——世界上最恐怖的男孩》

〔英〕约翰·伯宁罕 / 著·绘
余治莹 / 译
北京联合出版公司 / 启发文化出品
2011 年 12 月版

爱德华是一个普通的男孩。

他早上起床，

穿衣服，吃早餐，

去上学，玩游戏，

吃晚餐，然后上床睡觉。

爱德华手里拿着一根带绿叶的树枝，看上去没有任何粗暴的感觉，就像文字说的那样是一个“普通的男孩”。这种毫无趣味的故事开头反而让读者感受到作者温柔的目光。这其中暗藏着一条重要的信息——爱德华其实并不是一个坏孩子。

翻开内页能看到爱德华踢翻东西，被大人训斥：“你很粗鲁，老是乱踢东西，你是世界上最粗鲁的男孩。”慢慢地，他变得更加粗鲁了，有时他会欺负小朋友，于是被一个抱着小宝宝的母亲呵斥：“你是世界上最恶劣的男孩。”他干脆就变得越来越恶劣了。不过，书中画面的线条和配色却是非常柔和温暖的，每个读者都不会对爱德华产生怨恨和讨厌的感觉。

《爱德华——世界上最恐怖的男孩》内页

爱德华追着小猫跑，把屋子里搞得乱七八糟，把脸弄脏了也不洗，最后大人终于全体出动指着他说：

你是世界上最恐怖的男孩。

事实上，也许是由于爱德华没有得到父母的爱，也许是由于他没有知己，也许是由于他曾经被别人欺负，总之他的内心没有得到满足，不知道该向何处显露自己的少年能量，于是变得粗暴起来。多数时候，儿童内心的孤独感与外在的粗暴行为是相符的。在阅读这本图画书的时候，我的脑海里浮现出这个想法。

故事从中间开始突然就变了调。有一天，爱德华踢飞的花盆掉落到一片柔软的泥土上，长出了一些很可爱的花，那些花仿佛就应该种在那里似的。戴礼帽的老爷爷看到这一幕，对他说：“爱德华，我看见你种的花儿，长得很可爱，你应该多种一些植物啊！”爱德华按照老爷爷所说的做了，没想到他很会种花，慢慢地大家都请他到家里的花园去帮忙。

有一天，在学校里爱德华重重地推开小艾，这时恰好教室里的灯从天花板上掉了下来，小艾得救了。老师对他说：“谢谢你救了小艾，你是反应迅速的男孩，请你好好照顾其他小朋友。”于是爱德华开心起来，在小朋友当中非常有人气。就这样，爱德华逐渐改变，尽管偶尔也会发脾气，但他变成了“世界上最可爱的男孩”。

如果一个孩子总是挨骂挨训的话，他的自信心就会消失，脾气容易变得粗暴，封闭自己，不愿意同别人交流。即便是大人，被表扬了都不会有作恶的想法，何况是孩子，他们被表扬时会比大人的反应更加强烈。有人说观察孩子可知其父母的教育方法，这是没错的，当然也不能一概而论。

关于这个话题，一位心理学家出版了一本易于理解的图画书。我在之前的章节《困境中儿童的内心世界》中介绍过的英国儿童治疗咨询师玛戈·森德兰的“英国经典儿童情感管理图画书”，这套书共分九个话题，每个话题一本图画书配一本导读手册，共计十八册书。前面介绍的是第三册和第五册，现在我来介绍第四册，这个故事讲的是丧失同情心，欺负和报复别人的小孩子的故事，书名是《比普利和自大三兄弟》。

比普利非常可爱，很容易与小伙伴玩到一起。一天比普利的心受了伤害，伤痛感越来越强烈，比普利想：“要是我没有那么喜欢别人的话，要是我更坚强一些就不会这么心痛了吧。”这是一种非常具有自我防卫性的想法，孩子的心理活动是超出大人想象的，他们陷入深深的烦恼时会寻找退路，只是孩子无法像大人那样用语言表达自己的内心。

总之比普利的心痛越来越强烈。这一天，比普利去森林里玩超级大秋千,路上遇到了自大三兄弟。三兄弟看出了比普利的心情,对他说：“傻瓜才会对别人那么好呢，受伤的只有你自己。”他们还解开外套露出自己的胸膛。令人吃惊的是，他们的前胸和小腹都被厚厚的铠甲保护着，这样就不会受伤了。

此后，比普利捡到一块砖就往胸膛上贴，渐渐地，前胸和腹部也被墙壁保护起来，他终于安心了。他开始看不起其他小伙伴，向他们展示自己的威风，大家都被吓得四处逃散。比普利觉得自己变成了国王，可是孤独感也渐渐袭来，他感受不到阳光和事物的美好，他的世界变得一片灰暗……他那被铠甲保护着的内心变得坚硬又冰冷。

在失去颜色的湖边，从乌龟和刺猬那里，他明白了一件重要的事情，那就是他必须拆除墙壁。比普利拆掉墙壁之后，他原本僵硬的内心渐渐融化，冰冻的眼泪也流淌了出来，比普利哭了，他的哭声震天动地……

终于，比普利眼中的世界恢复了往日的颜色。

在这个人人都承受着很多心理压力的时代，孩子的内心也面临许多的问题。仔细观察孩子的内心世界，你会发现那些问题实际上是大人的问题，可能就是你自己的问题。

何为理解童心

生活在少子化时代，妈妈带孩子是很辛苦的。虽说老公也会帮忙，但是毕竟老公要忙工作，不能全身心地带孩子。所以妈妈很容易变得烦躁，有时也会训斥孩子。我经常能接到带孩子的妈妈发来的信，她们说在给孩子读图画书的时候，自己也会沉浸在图画书的世界中，于是心情便平静下来，孩子也会非常认真地聆听，盯着图画书仔细看。在不知不觉中，妈妈的内心也得到了治愈。

如果总是说自己忙的话，就很难体会到孩子的心情，处理好孩子的事情。这时候，请读读我推荐的图画书吧。读图画书给孩子听，孩子肯定会以儿童的视角品评图画书的趣味，妈妈在朗读的时候，自己也要保持听者的心境，这样一定能接收到直抵心灵的东西。

带着这样的目的，最近，我选了三本图画书。首先是在《小小的一步，大大的成长》那一章节中提到的《手心的魔法》。作者泷村有子将自己的育儿经验完美地写进了图画书里，她告诉妈妈们在孩子遇到困扰的时候应该怎样应对。虽然在这一章节中已经介绍过这本书，但我想再强调的是，这本书也是一本家长的育儿指南，三岁的独生女由美要上幼儿园的时候，她的妈妈是如何智慧地帮助由美克服分离不安的，这启发我们要关注孩子的心灵成长。

不管是坐在幼儿园校车里，还是在幼儿园里，由美总是一副闷闷不乐的样子，她低着头，抿着嘴，不跟其他的小朋友一起玩。妈妈“努力地想啊，想啊”，最终她想到一个好办法。早上，她在由美的手心里画了一个☺，并且对由美说这是一个魔法圈圈，可以让她开心起来。

由美无论是在幼儿园校车上，还是在幼儿园里，只要打开手心，就能看到一个笑脸在对自己微笑。一天天过去了，由美逐渐能唱歌、画画，并且好好吃饭了……

小孩子第一次离开父母去上幼儿园，第一次一个人去附近商店买东西，他们克服这些心理障碍是需要很大的勇气的，甚至可以说，这些都是孩子人生中很重要的第一次。如何才能让孩子鼓起勇气呢，这着实是对父母们的考验。由美妈妈对孩子的爱是多么深沉，多么细腻啊。我想正是泷村女士的温柔和贤淑才能使她创作出这种关照儿童的好故事吧。

与此书不同，《阿尔菲出走记》（*Alfie Runs Away*）中的母亲则包容了孩子的任性。阿尔菲很喜欢一双红色的小鞋子，鞋子已经太小了，妈妈说要送人，阿尔菲却怎么也不肯。阿尔菲说要离家出走，她马上就帮忙准备离家出走的行李。妈妈对他说：“你要是离家出走了，没准儿会口渴。”然后帮他准备好了一大壶凉水，又准备了手电筒和电池，一罐花生酱和几块饼干，还有放这些东西的一个好大的背袋。妈妈将这些东西一个接一个拿出来是多么有趣啊。

阿尔菲脸一沉，朝着院子的方向走了。不过背袋太沉了，他觉得后背好疼。他在草地上铺上小毯子，把东西全都倒出来，躺了下来。他想给巴迪熊读书，但是有点困了。天暗了，逐渐变冷了，他突然有点想念妈妈的拥抱，但是打开背袋一看，里面并没有妈妈的拥抱。他往家的方向看去，妈妈正张开双臂，朝他走过来。

我不由得感叹，到底能有多少妈妈有这种包容度呢？其实孩子都会无意识地寻求母亲对自己无条件的包容和爱，他们在寻求包容，这跟放任自由是不同的。正是在这种安全的体验之中，才能够培养出自立。如果只是一味地想让孩子快点自立，放任不管的话，可能会是适得其反的效果。妈妈那飞扬的发丝，牛仔裤搭配长袖衫的样子，之所以看起来那么清爽宜人，那是因为她的智慧和心中满溢的对儿子的爱。

下面我介绍另外一本图画书《妈妈的手作》(『おかあちゃんがつくったる』)。这本书里的妈妈和刚才说的两位妈妈完全不同，是一个豪爽的妈妈。这本书和《我吃拉面的时候》(『ぼくがラーメンたべてるとき』) 一样，是超人气作家长谷川义史的作品，风格有点像关西下町戏剧中的插科打诨，给人非常爽朗的感觉。

主人公是一个小学三年级学生。

爸爸去世了，留下我和姐姐、妈妈三个人，我们仍然努力地活着。

这是故事开篇的文字，画面上，母子三人正在榻榻米上围着餐桌一起吃热气腾腾的火锅。妈妈是个裁缝，靠缝制柔道服、剑道服养活

《妈妈的手作》

〔日〕长谷川义史 / 著 · 绘
〔日〕猿渡静子 / 译
连环画出版社 / 飓风社出品
2017 年 3 月版

着一家人，日子过得比较拮据。男孩穿的短裤、运动衫、书包都是妈妈用边角料做成的，他穿起来总觉得有点怪怪的，在学校里常被大家嘲笑。但是妈妈却说，这样才比较帅。

有一天，他把学校“父亲参观日”的通知带回家，妈妈说她会去。男孩立刻表示反对。

“我想让爸爸去。帮我做个爸爸吧，你不是什么都能做嘛，帮我做个爸爸吧。”

终于到了“父亲参观日”。

我偶然回头一看，心跳都快停止了。

妈妈居然来了，而且还穿着男士西装，系着领带，站在其他同学的爸爸中间。

妈妈走到我身后，指了指自己的西装，在我耳边小声说：

我用缝纫机做的哦。

可能婉约派的妈妈们会觉得“这做得有点过头了”，但是在关西的居民看来，这是再平常不过的。长谷川义史那个性十足的画风是对

《妈妈的手作》内页

母亲这种做法的肯定。在这里，我还想说，在没有父亲的单亲家庭里，如果妈妈整天哭泣，孩子也会容易变得性格阴郁。我想这位妈妈的做法也许会让孩子变得更加勇敢和坚强。

上面介绍了三位妈妈，我并不是要讨论哪位妈妈做得更好。我觉得那些想扮演好母亲角色的女性读着这些故事，应该会受到很大的刺激，从而引发更多的思考吧。

亲子对话促进孩子心灵成长

给孩子读图画书真是一件非常棒的事情。

小孩子其实也是很感性的啊。

这位母亲能注意到这件事，真是太厉害了。

最近我收到的图画书读后感让我发出如此感慨。与其说是读后感，倒不如说是寄给我的信。在前面也介绍过，这篇读后感获得了东京都荒川区“柳田邦男图画书阅读奖”成人组的大奖。这封信的作者是家住荒川区的一个两岁男孩的妈妈，名叫吉田千枝。吉田女士在前面章节《小小的一步，大大的成长》中我也曾提到过，不过这封信是更早一年写来的。吉田女士读的图画书是《小小火车向前跑》(『せんろはつづくまだつづく』)。

在一个空旷的公园里，六个七八岁的男孩女孩在热火朝天地忙碌着。有的孩子在搬运粗大的枕木，有的孩子在地面上摆放厚厚的木板，有的孩子在用铲子推平土地，有的孩子拿着大木槌奔跑着。在角落里的林荫下，有一位母亲正在看书，旁边停着一辆婴儿车，里面熟睡着一个婴儿。

这是什么？

这是铁路啊。

随着翻页，铁路向前延长，小朋友们欢欣雀跃地工作着。在铁路要拐弯进入森林的地方，小朋友们停了下来。

前面有一座山，怎么办呢？

一个孩子用望远镜望了一眼山顶，变得非常开心。

我们挖一个山洞，修一条隧道。

画面呈现出山的截断面。在漆黑的隧道里，孩子们像煤矿工人一样戴着头灯在努力地挖洞，他们干劲十足。地面上的森林中，松鼠们在玩捉迷藏。这种视觉游戏是图画书的一个重要特点。

挖好隧道后，铁轨继续向前延伸，节奏在加快。

前面有一条河，怎么办？

架桥！架一座铁桥！

前面有一条路，怎么办？

做一个断路闸！做一个火车道口。

一个像模像样的，设有断路闸和红绿灯的道口做好了。我们能感受到孩子们的活力。很快，铁轨铺好了，一座挂着挂钟的红顶火车站也建好了。

太阳要落山了，在夕阳的余晖中，孩子们坐在吐着滚滚浓烟的蒸汽火车上向前飞驰。这个画面是俯瞰的景象，十分浪漫动人，甚至让我这个在乡下长大的大人泛起丝丝乡愁。

随着孩子们向前修建铁轨，充满节奏感的语言让读者情绪逐渐高涨，如痴如醉。读过这本书后，我觉得这样的书读给孩子听的话，他们一定会睁大眼睛，聚精会神地听下去。

我想吉田女士应该也是抱着同样的想法，为儿子有杜买下这本图画书的吧。我来抄录一段吉田女士的读后感。

这本书的插画给人一种怀旧、柔美的感觉。当时我正在给两岁的儿子找合适的图画书，我想找那种画面柔美、文字简单的图画书，这本书刚好符合我的想法。

吉田女士坐在儿子有杜的身边，心情激动地一边翻页一边朗读给儿子听。书中那些可爱的孩子们就像有杜的小伙伴一样。在建造铁轨的时候，会遇到“前面有山”“前面有河”这样那样的困难，但是继续阅读就会发现，孩子们总能想出好的对策，比如“凿洞”“架桥”。

在读图画书的时候，吉田女士观察着儿子的表情，有杜看起来好像真的在同大家一起建造铁轨，脸上洋溢着排除困难修好铁轨的喜悦之情。在故事的最后一幕，孩子们坐着火车走了，她的儿子向小伙伴们挥手告别。

吉田女士感到非常吃惊。虽然有杜每天都在家里玩玩具火车，但他从来都不会自己拼铁轨，每次都是吉田女士给儿子拼的。以前妈妈在拼铁轨的时候，有杜只是在那里干巴巴地等着，妈妈拼好后，他也没有表现得很开心。但在读图画书的时候，铁轨铺好的那一刻，他居然开心地笑了。那时候，吉田女士注意到了一件非常重要的事情。

那一刻，我感觉我懂得了育儿中的一件最重要的事。孩子非常单纯，我觉得不能让他们觉得什么事情都是理所当然的，而要告诉他们事情的过程，和他们一起思考，这是非常重要的。只有这样，孩子才能体会到每一样东西的珍贵，还有拥有的喜悦。

在我给他读书的时候，我觉得儿子完全进到故事里去了，他感受到了克服困难的喜悦，感受和伙伴们一起铺完铁轨的喜悦，他完全成了铺铁轨的小伙伴中的一员。

儿童文学作家松居直先生曾经说过：“一本图画书只有被朗读给孩子听才能成为一本真正的图画书。”这一点我也深有同感。尽管图画书的故事是虚构的，爸爸或妈妈抱着孩子，慢慢地读故事给孩子听，故事就有了不一样的感觉。对孩子来说，爸爸妈妈的肌肤和衣服的手感、爸爸妈妈的情感，以及饱含深情的声音和语调，还有一起度过的时间，这些都同书中的故事融为一体。这时图画书已经不再是单纯虚构的故事了，而是一种能润泽身心的、非常真实的生命体验。有杜之所以在听妈妈读图画书的时候表现出比玩玩具火车更加丰富的喜悦表情，那一定是因为他和妈妈一起沉浸在阅读的氛围里吧。可以说，这个例子足以证明听父母读图画书在促进儿童的心智发展方面起着巨大的作用。

而且吉田女士还注意到，有时候她自己忙于家务，忘记了好好关注和陪伴儿子。而这本图画书是问答式的，孩子像玩投球接球游戏那样，能顺着节奏自己翻页读下去。

吉田女士说：

在我们母子对话的过程中，儿子学会了语言。给他读图画书的时候，我不仅找到了我们之间的情感联结，还发现了他作为一个孩子的成长。

我觉得吉田女士能有这样的生命感悟，说明她真是一个十足感性的人。

何为理解他人

一听到美国图画书作家彼德·雷诺兹的名字，我脑海中便立刻浮现出《点》和《味儿》(*Ish*)。我非常喜欢这两本图画书中表现儿童内心的柔和画面，以及展现儿童心灵成长的文字。

当我读到他的新书《我在这儿》(*I'm Here*)时，有了更深的感触："原来如此，他对每个孩子个性的思考竟是如此深入，对人与人之间相互理解的思考竟是如此深刻！"这不得不让我连连点头称赞。

与他人相处的时候，我们往往不会深入思考对方的内心所面临的问题，不会深刻关注对方是否在遭遇什么困难。尽管没有什么理论根据，但我觉得大多数时候，我们只是擅自认为对方理解自己，也认为自己理解对方，这就是我们日常对话的基础。难道人与人的相互理解是非常简单的事吗？《我在这儿》便是一本讲述人与人相互理解这类本质问题的图画书。

突然谈到如此深奥的话题，大家可能会认为这是一本讲大道理的图画书，其实不然。即使是年幼的孩子，读这本图画书也一定能感受到平和与温暖。首先，我来介绍一下故事内容吧。

一群孩子在公园里玩耍，而我在远处独自一个人玩。大家开心地说说笑笑的声音，在我听来就是"咚、咚、咚、咚"的鼓声，巨大的噪声连连作响，令我想捂上耳朵。即使是球滚了过来，我也依然一动不动地坐着。

是的，我在这儿。我知道我在。我在这儿。

和清风做伴，相依。我喜欢这轻柔的风拂过我的头发。

飘落的叶子前来拜访，白色的长方形的纸片飞舞着从天而降。

《我在这儿》
〔加〕彼德·雷诺兹 / 著·绘
常立 / 译
浙江少年儿童出版社 / 奇想国童书出品
2017 年 8 月版

你是如何把我找到？

不必担心，伙伴，我在这儿。

我将手放在白纸上，和白纸对话。我开始行动，折纸飞机。我折一下，折两下，三下，四下，五下，六下……倾尽全力抛出去。纸飞机高高飞起，不知何时我已乘坐在纸飞机上。

高入云端！看哪——星星！

我张开双臂，露出大大的笑脸。我高声呼喊——

《我在这儿》内页

《我在这儿》内页

我在这儿！

当纸飞机降落至接近地面时，大家飞奔上前，他们将降落下来的纸飞机再一次抛向高空。不久，一个女孩捡到了再次降落的纸飞机，她把纸飞机送还给我。拿着纸飞机的女孩与我，面对面坐在地上。

“我在这儿。”纸飞机说。

“我在这儿。”女孩的笑容说。

翻到下一页，收下纸飞机的我闭上眼，抬头面向天空，轻声言语。硕大的文字写出了我说的话。

我也在。我在这儿。

我说过图画书不能只用文字讲故事，那不是好的图画书，但是文字对讲述重要的事是十分必要的，所以我特别强调一下文字的作用。实际上这本图画书的视觉叙事，尤其是对“我”的表情、姿态和举止的描绘是极为重要的，我衷心地希望大家务必将图画书拿在手中，仔细阅读图画。

从头到尾读完这本图画书，恐怕有的读者会认为它讲的是这样一个故事：一个无法融入集体的孤独男孩，在独自玩纸飞机的时候，以纸飞机为媒介，和大家融合到一起，成为集体的一员和大家的伙伴，男孩感到十分高兴。

这样理解也不算错。不过，在这本图画书的开头，独自玩耍的“我”轻声说：“我在这儿。是的，我在这儿。”最后仿佛提醒我们似的，作者又强调说：“我也在。我在这儿。”作者这么写究竟是想表达什么呢？文字中隐含的意义又是什么呢？如果有人问你这个问题，你会如何回答呢？

我认为，这个问题的第一个线索在两个画面中，一个是一大群孩子飞奔着接住纸飞机，然后又把纸飞机抛向空中的画面，另一个是那个女孩拾起纸飞机送给“我”时，纸飞机说“我在这儿”，女孩也笑着说“我在这儿”。

也就是说，故事想表达的是：独自玩耍的“我”并没有遭到其他孩子的排挤和欺凌。整本书首先表现了他人很自然地对待孤独的“我”，其次表现了每一个独立个体有自己的个性。无论是纸飞机，还是女孩，或者“我”，尽管各自拥有不同的样态和个性，但都能接受真实的彼此，从而安心地生活下去。这便是我的理解。

但是，当我读到书后所附的译者酒木保先生的导读文字时，才明白其实这本图画书所要传递的信息有两层，其中的第二条线索就在书中富有深意的文字之中。

酒木先生是临床心理学家和研究自闭症的专家。这本书的作者雷诺兹是在与朋友的交流中关注到自闭症儿童的。为了加深普通人对自闭症儿童的理解，雷诺兹便创作了这本图画书，酒木先生得知后就主动接下了翻译的工作。自闭症儿童不会主动与他人沟通，他们经常重复做同一件事，生活在自己的世界中，正因为这些特质，他们才容易被大众误解，甚至遭受歧视。作为治疗师，酒木先生最初拼命地想理解自闭症孩子，但他后来发现那只是将自己的标准强加给自闭症孩子。他意识到，自己一心求解的问题并不会改变自闭儿童的状态。他终于悟得“自然而然地互相理解（原本的样子）”才是最重要的。

雷诺兹在寄给出版社编辑的“致读者”信中谈到了相同的观点，他说“每个孩子的个性都应该得到相应的理解”。

这本图画书有双重目标，一是寻求对自闭症儿童更深的理解，二是说明这种理解应该是人与人之间那种普遍的相互理解。我前面提到的读后感与后者相符，但无论从哪一层开始理解都没有问题。

雷诺兹在他早期的图画书《点》之中，刻画了一个不会画画的孩子，仅用原珠笔画了一个“点”，就得到老师的认同。老师说：“那就随便画一笔，看看能画出什么。”于是孩子就这么燃起了对画画的热情。这个故事说明对孩子个性的接受和包容能带来意想不到的效果。而在雷诺兹这部新作中，我感觉他似乎是在更深层次上探讨人类学的问题。

大自然是生命的勃发地

与花草树木对话了吗

大人总是觉得，像情感活动和人际关系这种人类社会的重要话题，五六岁的孩子是无法理解的。我曾多次说过，大人有如此片面的观点，只是因为孩子还不会用语言准确地表达自己的感情和想法而已。即使是大人，能将自己的心情准确表达出来的也是少数，而孩子根本无法用语言表达自己，所以大人就会武断地认为“重要的事情，小孩子不懂”，其实这只是大人的主观臆断。

我之所以如此确信，是因为我听说过许多展现幼儿的感性思想和心理活动的真实故事。美国的图画书《小奥帕尔的日记》（*Only Opal: The Diary of a Young Girl*）讲的就是一个真实的故事，一个小女孩把自己面对悲惨遭遇的所感所想写成了片段式日记，这本图画书就是以日记为基础完成的。

时间回到一百多年前，故事发生在美国西部大开发时代久负盛名的俄勒冈州。作者奥帕尔·怀特利（Opal Whiteley）出生在 1900 年，她五六岁时写下的日记保存完好。她出生在美国西部茂林中的一个伐木工人家庭，所以她的日记并不是写在正规的日记本上，而是写在邻居家一位热心妇女给她的旧信封的背面。

关于奥帕尔的父母，只是说“去了天堂”，没有说明具体的原因。我们也不知道奥帕尔是怎么被抚养长大的。成了孤儿的奥帕尔经历过什么事情，我们也一无所知，只知道她被俄勒冈州的一个伐木工收养。

伐木工都在帐篷中生活，所以每次更换伐木地点都要搬家，据说她一共搬过十九次家。

五六岁的她就能够写一些描写自己心情的文字，这应该是因为死去的父母悉心培养的缘故。她的养母对她十分恶毒，什么事情都让年幼的她去做，无论打扫、砍柴、洗衣，还是制作黄油。

在这样的生活中，支撑着奥帕尔的是野地里盛开的花，还有一只叫“门德尔松”的老鼠、一条叫“霍拉奇斯”的狗和一只叫“波尔塞纳”的乌鸦。尤其是老鼠门德尔松是她最要好的朋友，每次出门都会钻进她的口袋里。当然最重要的是已经成为天使的爸爸和妈妈。

花儿们，会遮挡阴凉，也会说话。大人们，听不懂阴凉的话，这我是知道的。天使爸爸和天使妈妈，能听懂阴凉的话。他们告诉我了。

有时，我会读书。天使爸爸和天使妈妈，以前买给我的书。他们把很伟大的人的故事，全部告诉了我。

这对父母真是伟大啊。我们终于知道为什么奥帕尔会写日记了。奥帕尔给老鼠、狗和乌鸦取的名字都是历史上著名的音乐家和大英雄的人名，这说明奥帕尔记住了父母告诉她的那些伟大的人的名字。

搬到她家附近的一个家庭主妇，对奥帕尔非常温柔，给了奥帕尔很多帮助和爱。奥帕尔的日记里记录了很多事情，在此我不再赘述，留给读者们自己去发现。

像奥帕尔这样的儿童日记为世人所知，是非常罕见的事情，可以说是好运叠加的结果。首先是奥帕尔自己把日记写在信封的背面这种很随意的地方，但她的日记没有丢失。即使被养母家的姐姐恶意撕碎后，碎纸片也被很好地保存了下来。也许日记对她来说是父母留给自己的纪念物，是继母和姐姐无法入侵的私人领地，所以她才悉心保存的吧。后来，她 20 岁时，经出版社编辑推荐，1920 年她以原文影印的形式出版了最初的版本。再后来，1976 年诗人简·博尔顿（Jane Boulton）以诗歌形式重新编辑了一个版本。1994 年，著名的图画书作家芭芭拉·库尼（Barbara Cooney）以这个版本为基础绘制了图画书。

奥帕尔的日记内容有很深远的意义。尽管奥帕尔十分孤独，但她能与野花、森林里的树木和动物对话，在这个世界上，这些是她充满悲伤的内心的支撑。她能拥有如此感性的内心，一定是源于当年父母健在时他们的日常生活。即使是在买不到书的乡村，她也能收到父母亲手制作的手工书作为礼物。这样的童年生活，能让儿童的内心自然而然地萌生对精神食粮的热爱。在当今的手机和网络社会中，日渐疏远的亲子关系的拯救良方就暗藏在这里。什么才是生命中真正重要的东西？这本图画书穿越百年时光，依然静静地向我们诉说，启迪我们思考。

另一本《孤单的青蛙》(『ひとりぼっちのかえる』) 同样是以“孤独”为主题的图画书，但这只青蛙并没有像奥帕尔那样遭到虐待，对自然界的各种馈赠心怀感恩之心。

早上，青蛙在大石头上看日出。太阳问，你一个人生活，不会觉得寂寞吗？青蛙回答说：

太阳啊，我一点儿也不寂寞呀，我们每天都能见面啊。大大的、暖暖的太阳，你就像我的爸爸啊！

太阳很高兴，于是发出更灿烂的光芒。

然后，雨也问了同样的问题，青蛙说：

雨啊，我一点儿也不寂寞呀。你给我带来生命的水分，雨啊，你就像我的妈妈啊！

然后，雨给它的池塘里注满了水。

青蛙还对大地说：

大地啊，是你抚养了我啊！

青蛙还向风和月亮表达了感恩的心情。夜晚，漫天的星星随着青蛙的歌声眨着眼睛，群山之中的青蛙们也都呼应起来，青蛙们拉高嗓门欢快地歌唱。

来自内蒙古的插画家兴安的水彩画融合了中国水墨画的技法，画家笔下的大自然呈现出湿漉漉的真切感。欣赏着兴安的插画，读着诗人三木卓那温柔的文字，我心中不由得涌起一股暖流。

树木的馈赠，生命的力量

我出生并成长在枥木县鹿沼町（现已改为鹿沼市），那是北关东地区的一座乡下小镇。位于关东平原尽头的鹿沼，北部和西部都是连绵的山脉，大山深处是高高的日光连山。因为是山区地貌，鹿沼从江户时代起就发展成了建筑木材的集散地，同时也是伐木工们的聚集地。

鹿沼也是前往东照宫参拜德川家康的人们的逗留住宿之地，从江户派到东照宫去做工的木匠和雕刻师，往返都要住在鹿沼。为了赚取零用钱，他们用东照宫宫柱上同样的装饰风格制作了彩饰花车，叫作“雕刻屋台”，花车周身都雕刻着纹样华丽的动物和花鸟。鹿沼的每条旧街道各有 1 台，一共有 27 台“雕刻屋台”，其中有 13 台江户时期造的花车已被认定为市级珍贵文物了。

“雕刻屋台”，宽 1.8 米，长 3.6 米，高 4 米，外形很大，也很重。除了正面和两侧的窗口，前后左右都雕刻有绚烂的图案，既有原木纹理图案，也有艳丽的漆彩图案。鹿沼每年 10 月都要举办名为“屋台祭”的花车巡游活动。傍晚时分，27 台花车统一集中到中心街的今宫神社大殿前，行完拍手礼后，花车上的小舞台就开始演奏，吹笛子，敲鼓，讲故事，热闹非凡。夜幕降临，所有的花车开始按一定的顺序走街串巷，如果在十字路口有三四台花车碰到一起，那么其他花车就都从四面靠拢过来，讲故事的声音更大了，互相比赛着谁的嗓门大，在当地这叫作“唱对台戏”。四面八方涌过来看热闹的人们，气氛非常热烈。

为什么我要介绍家乡的“屋台祭”呢？那是因为图画书作家伊势英子创作了一本以鹿沼的“屋台祭”为主题的图画书《节日》(『まつり』)。2007 年到 2009 年，伊势女士在法国出版了两本以巴黎为故事背景的图画书，就是《卢利尤伯伯》(『ルリユールおじさん』) 和《一

《卢利尤伯伯》

〔日〕伊势英子 / 著 · 绘
赵玉皎 / 译
二十一世纪出版社 / 蒲蒲兰绘本馆出品
2009 年 5 月版

棵知道很多故事的树》(『大きな木のような人』)，那家出版社的总编辑说，希望再出版一本有关日本传统文化，反映日本人心境的图画书。如果不是歌舞伎，也不是能乐[1]，反映日本人精神的传统文化是什么呢？伊势女士一直在思考这个问题。

最终，她脑海中的灵感闪现，日本各地有很多的祭典活动，这些祭典难道不就是日本人的传统文化的反映吗？话虽如此，像京都祇园祭那样非常有名的祭典仪式，是非常独特的祭典。她想寻找的是在任何乡村都会举办的那种“镇守森林祭”之类的祭典。带着这样的想法，在寻觅过程中，她的视线投向了我家乡的“屋台祭”。

这里有个原因，我的大哥芳男是一位乡土历史研究专家。他在对“雕刻屋台”的历史和特点进行详细调查的基础上，出版了一本附有大量照片的书。日本战败后，大哥退役回到老家，看到被空袭焚烧成荒地的东京、宇都宫、鹿沼等地满目疮痍的样子，他的责任感油然而

[1] 日本剧种之一。其脚本称“谣曲”，大都取材于历史故事或神话传说。角色很少，往往戴面具，在特设的舞台上演出。在封建时代，能乐长期为贵族武士所独占，故又称“武家式乐”，有浓厚的宫廷艺术色彩。——编辑注

《卢利尤伯伯》内页

生，他扪心自问作为一个青年人如何才能为这个国家的重生贡献一份力量。他想到的是，去调查清楚自古以来住在这片土地上的人们的历史和文化，并让后代将这些文化传承下去。大哥潜心研究乡土历史，出版了好几部历史书，其中就包括讲述“雕刻屋台”历史及其意义的书。他的研究成果为复兴“屋台祭”做出了重要的贡献。

在我还不知道的时候，伊势女士就去鹿沼进行了实地调查，她创作完成的图画书作品就是那本《节日》。“雕刻屋台”是匠人们的集体智慧和手艺的结晶，把桧木做成的地板、柱子和栏杆的木工，用橡木做载重两吨的坚固车轮的轮匠，用柳木、枥木和银杏木精心雕刻绚丽图案的刻工，可以说“雕刻屋台”代表的是日本匠人的木作文化，象

《一棵知道很多故事的树》

〔日〕伊势英子 / 著 · 绘
〔日〕猿渡静子 / 译
连环画出版社 / 飓风社出品
2015 年 3 月版

征着人类受到树木和森林的馈赠。

前面提到的另一本图画书《一棵知道很多故事的树》中的主人公女孩萨艾拉和家人住在巴黎，从植物园的法国植物学家那里学到了许多知识。后来，她请植物学家去她的故乡日本欣赏和体验木作文化，也就是“雕刻屋台”和祭典。书中对匠人的手艺和雕刻的细节描写得

《一棵知道很多故事的树》内页

非常细致逼真。高潮部分是离开神社在中心街唱对台戏的场景，画家大胆运用了黄色、橙色和红色，生动欢腾的现场感跃然纸上。伊势英子的绘画一直以来都是以蓝色为基本色调的，这一次可以说是开拓了一片新的艺术地界。

《节日》出版后不久，2011 年 2 月到 3 月间，东京世田谷文学馆举办了“伊势英子原画展”，展出了《节日》的全部画稿。就在这次原画展期间，3 月 11 日，发生了东日本大地震。伊势英子开始拼命思考，自己作为一个图画书作家能为灾区的人们做些什么。

最后，她决定创作一本图画书，让蒙难的家庭感受到生命本身的力量，从而激发出面向未来生活的希望。她的灵感来自树木延续生命的方法，栗子等树木会将种子落入土中，从而萌发新芽。树木的种类不同，种子的形状也不同，她把这些不同的种子描绘成可爱的小宝宝，他们的发型不同，带着各种各样的帽子，有的在空中飞舞，有的在地下睡觉。这一想法迅速催生了《树宝宝》，这是她创作的第三本以树木和生命为主题的图画书。

这本图画书中的内容在第一章《生命轮回，期待明天》中已经介绍过，在此不再赘述。

伊势英子只用了一个月时间就完成了全部插画，平凡社非常配合，紧急加班赶印，当年 7 月就出版了小开本的口袋书，以非常便宜的价格销售，这在日本出版界是个特例。伊势英子用她的全部版税购买了几百本《树宝宝》，赠送给受核泄漏影响到各地去避难的孩子们。这里几十本，那里几十本，就这样分批发放。饭馆村第三小学的师生当时在川俣町一所闲置校舍避难，在那里开办临时课堂。那里有 367 名孩子，在 9 月新学期开学时，伊势为他们带去了新印刷的原画明信片，上面有伊势英子手绘的各种各样的树宝宝，还写有简短的赠言：“一定能再回故乡的！”“没关系！没关系！”“第二学期开始喽！”“饭馆村加油！”等。这些是她花了三个晚上手写完成的，她带到当地一张一张地亲手递给每一个孩子。

当时作为她的助手，我陪着她前往当地去赈灾。看着拿到明信片的孩子互相展示着自己手中的图画，大声欢笑的样子，我不由得在心中祈祷：“让光芒照亮这些孩子的明天吧！”

今年，大山又迎来了秋天

秋天暗自来，展目难明视，一听吹风声，顿惊秋日至。

——藤原敏行《古今和歌集》

自古以来，日本人对自然和季节的变化非常敏感，无论是新绿与红叶的变换，还是小鸟啼鸣与昆虫低语的万籁之音，都能映射于心。前人留下一首首短歌和俳句，日本人吟诵传承至今。然而，现代社会的人们奔忙于工作和事业，于是对季节变化和花鸟风月的细腻感受就日渐衰退，丧失殆尽。不知何时起，当我们察觉到季节的变化时，岁月早一去不复返。

秋深了，邻家在做什么呢？

——芭蕉

吾木香、芒草、香茅，将秋草的寂寞极意赠予君。

——若山牧水[1]

最近出版的图画书中，常有描绘树木和森林色彩变化的作品，以森林为背景讲述儿童和动物的故事。每每读到这样的图画书，我都会对作者如何呈现季节变化的魅力非常感兴趣。

《秋猫》(『あきねこ』)是菅野裕子（文）和田中鲇子（图）这对黄金搭档创作的图画书，他们曾经合作出版过几本图画书。这套四季图画书——《春猫》《夏猫》《秋猫》《冬猫》——中的每一部选择的都是不同的插画师。我想，这么做是为更好地呈现四季的不同特点吧。下面我来介绍《秋猫》。

这本图画书讲述的故事以突发事件的形式展开，其中运用了许多西方童话中经常使用的幻想元素，但丝毫没有陈腐的感觉，而是富有现代气息，绘图也非常精致而大胆。

主人公是一个叫香野的女孩，她走在公园里，在一个没人坐的长椅上发现了一个闪闪发光的东西。于是，她走过去一瞧，长椅上放着的是画笔、调色盘、画纸和泛着银光的大管颜料。好奇的香野不由得把手伸向那管泛着银光的颜料，就在这时，突然一只戴着褐色贝雷帽，身穿深蓝色连衣裙的猫站在了她面前。猫的手里还拎着一碗水。

[1] 若山牧水赠给年轻时候的恋人园田小枝子的诗。——译者注

这只突然出现的猫，就好像从光阴隧道中穿越而来，纯白色的小猫背后是圆形的渐变色块，色调由黄变绿再逐渐变深，而整个画面的背景是深蓝色的宇宙，采用的是石版画技法，将读者一下子带入一个幻想空间。

接下来，请你在这张画纸上画下秋天的景致吧。

公园里还是一派夏天的景象，周围被翠绿覆盖着，怎样才能画出秋天的风景呢？香野觉得很奇怪。

小猫将大管颜料拿在手中，挤出来一些，那颜料居然是透明的，像玻璃球一样，这可把香野吓了一跳。她从来没见过这样的颜料。小猫用这种颜料在纸上画，画面显现出五颜六色的色彩，逐渐向四周散开。画中描绘的是一片波斯菊的花海，千百只波斯菊随风摇曳，仿佛在哼唱着歌谣：

秋天的猫，秋天的风，你们好呀！

小猫在第二张画纸上画出的是漫山遍野的芒草，仿佛金色的海洋，香野看得入迷了，好像自己也进入画中一样。

第三张画是香野在小猫的劝说下，自己拿着大大的画笔画出的。香野开始画时还没有自信，但在小猫的鼓励下，香野竟然能自由作画了，画出的是不知道哪里的一片山林。森林中的树木染上了漂亮的红色和黄色。不知不觉中她开始唱歌：

秋天的猫，秋天的风，你们好呀！秋来了，秋来了，今年的秋天又来了……

很快，深山中也传来歌声：

秋天的猫，秋天的风，你们还好吗？今年的工作，结束啦……

香野吃了一惊，她看了一眼画纸，突然发现小猫已经不知不觉钻进画中的树影里，小猫的脸出现在她手上拿着的刚画好的那幅画中。现实与幻想的交错融合，真是不可思议。“啊？！那不是……”香野正要说些什么的时候，突然一阵大风刮来，颜料和调色盘，连同画纸都不见了，风停下来，公园里的树木全都变成了秋天的颜色，散发着丹桂花的甜美香味。

“太妙啦，季节的变化也能用如此魔幻的方式来表现啊！”我不禁感叹道，对菅野裕子和田中鲇子的创意佩服不已。

再介绍一本英国图画书《亨丽埃塔的第一个冬天》(*Henrietta's First Winter*)。可爱的小老鼠亨丽埃塔出生后不久，她的母亲就去世了，她成了一个孤儿。秋天来了，树叶都红了，她伤感地看着树上不时掉落的枯叶。这是她的第一个秋天。

亨丽埃塔从老鼠和松鼠朋友们那里听说，冬天来了就找不到吃的东西了，要赶紧采集果子藏起来过冬吃。一个下雨天，亨丽埃塔在洞中看着外面被大雨笼罩的森林。在灰蒙蒙的大雨中，森林若隐若现，画家用暗色调营造出雨中的森林，带有些许石版画的效果，表达出亨丽埃塔对即将到来的未曾经历的冬天的紧张和不安。画家营造的视觉效果非常有深意。

好不容易收集到的食物，都被洪水冲走了。雨停后，亨丽埃塔重新采集树果和草籽，但她采集的那些食物又被虫子吃掉了。第二天，树上的叶子全掉光了，亨丽埃塔只找到很少的树果和草籽。夕阳西下，冬日里树木田地枯萎萧瑟，亨丽埃塔孤独地在这样的光景中行走。这暗示着在母亲去世后，年幼的亨丽埃塔将面对严酷的生存挑战。我不由得联想到了东日本大地震中失去父母的孩子们。幸运的是，亨丽埃塔得到了朋友的帮助……

罗布・路易斯（Rob Lewis）的绘画可以说与田中鲇子画的《秋猫》是相通的，让我们很容易走进画中的世界。亨丽埃塔的遭遇唤起读者的同情心，直到最后一页，我们终于放下心来，于是一股暖暖的感动溢满心田。

充满生命活力的北极

图画书作家阿部弘士乘坐大型游艇去北冰洋探寻北极动物，他接连将自己的旅途收获出版成了有趣的图画书。以前他曾去过野生动物的王国非洲大草原，创作出版了《狮子漫长的一天》(『ライオンのながいいちにち』) 等大开本的图画书。这次阿部先生探访北极，是为寻访在冰山和大海间生活的动物们。

阿部弘士曾经长期在北海道旭川市的旭山动物园担任饲养员，因此早已见惯了动物园里的白熊（北极熊）、海豹和海象等北极动物。不过他从未见过在真正的大自然中这些动物是如何生活的。尤其是北极熊，他非常想亲眼观察一下大自然中的北极熊母子共处的样子。

2011 年 6 月，阿部弘士与 8 位志趣相投的朋友相约，带上 3 名船员乘坐大型游艇从挪威出发，开启了为期一个月的北冰洋探秘之旅。阿部真不愧是图画书作家，他将旅途中所见和所思准确生动地手绘在日记本上——有风景和动物的素描，有眼前的感动，有愉悦的心情，也有此时此刻的联想。以他的手绘日记为底本出版的图画书就是《康提基号北极探险记：长征 3000 公里的北极熊追寻之旅》(『こんちき号北極探検記』)。

大型游艇被命名为“康提基号”，这个名字来自挪威探险家托尔·海尔达尔（Thor Heyerdahl），他证明了乘船能从南美洲秘鲁海岸出发，抵达南太平洋岛屿。他的著作就是《康提基号探险记》。

关于图画书的内容我稍后介绍。阿部弘士回到日本后，创作的第一本图画书就是《喂，小熊》(『ふたごのしろくまねえ、おんぶのまき』)。这本书讲的是一对双胞胎小熊出生后不久跟着妈妈去散步的故事。阿部弘士对小熊母子的艺术表达简约清爽。

妈妈，背背我。

年幼的双胞胎小熊央求妈妈，可是小熊妈妈想让孩子们尽快自己走路、自己游泳，就催促道：

（其他）宝宝们都会游泳啦！

虽然这么说着，但熊妈妈回头看孩子们的目光却是非常温柔，而孩子们看着妈妈的目光则充满了撒娇讨爱的渴望。由大海的远处眺望陆地，看到的是一片连绵起伏的锯齿状山脉，那是数万年间冰河流动形成的山峦地貌。

翻到下一页，小熊兄弟依然害怕下海游泳，跟妈妈重复说着：“妈妈，背背我。”双胞胎恳求妈妈的心理被画家精致地表现在他们仰起的面孔上。

加油，游起来吧！

双胞胎小熊不经意地看到在流动的冰河上，有一只海象妈妈在睡午觉，在海象妈妈的背上有一只小海象也在香甜地睡着午觉。

妈妈，你看，人家海象妈妈都背着宝宝呢。

那个海象宝宝，是昨天刚刚出生的小宝宝哟。

后来，他们又看到小鸟和小鲸鱼，都是妈妈背着的。双胞胎小熊又开始恳求妈妈，无论如何都不想下水游泳。阿部弘士画的小熊的眼睛非常传神，简单而准确地表现出双胞胎小熊紧张不安的内心。阿部弘士非常喜爱动物，他对动物内心的刻画和描写可以说是天才级的。

双胞胎继续缠着妈妈说：“妈妈，背，妈妈，背。”可是妈妈却说：“宝贝们，鼓起勇气，来游泳吧，就像这样。”随后就“嗖”地跃入海水中。再后来，双胞胎中的哥哥说着：“妈妈，等等我。”然后纵身跳入海中。妈妈和哥哥先后“扑通”“咕咚”跳下水，可是妹妹还是很害怕，不敢像哥哥那样。她小心翼翼地靠近水边，“哧溜”一下滑了进去。

妈妈回过头来夸奖他们：“好棒，好棒！”随后，妈妈非常高兴地把双胞胎小熊背在背上。

“快点上来吧！”妈妈说。

阿部弘士说，这是他在大型游艇上亲眼所见的真实情景，他保留着当时的照片。北极熊妈妈对孩子们严厉而又温柔的一面被完美地表达了出来。尽管看上去只是一本给幼儿看的图画书，但其意义却很深远。这只北极熊妈妈难道不是在教人类怎么做个好妈妈吗？

双胞胎小熊系列图画书的第二本是《一片木柴》(『ふたごのしろくま くるくるぱっちんのまき』)，第三本是《喂，什么？木柴》(『ふたごのしろくま とりさん、なんば？のまき』)，这两本书的风格都是轻松幽默的，尤其是《喂，什么？木柴》中对大群厚嘴崖海鸦的描绘非常具有冲击力。厚嘴崖海鸦并排站在岩石上，就像企鹅一样可爱。

在《康提基号北极探险记：长征 3000 公里的北极熊追寻之旅》中，阿部描绘了一大群厚嘴崖海鸦飞过和并排站在绝壁岩石上的场面，书后还有附记。

一群接着一群地飞过来……一百只、二百只、五百只，追逐着飞来飞去。不知不觉中，已经聚集了几万只。天空和海面之上全是厚嘴崖海鸦，空气中弥漫着它们的气味，耳边环绕着它们的叫声。

在他的手绘日记中，这样的描写到处都是，每一页都充满乐趣和感动，非常难能可贵。

还有一本是《飞向新世界》(『新世界へ』)，这本图画书像是一本画集，描绘的是北极探险之旅中的大自然景观，还有一字排开飞行的白颊黑雁。

扉页上是可爱的白颊黑雁幼鸟们，在父母的保护下排成一排。随着书页翻动，那些幼鸟将逐渐成长为茁壮的大雁。

我们长大了，

已经能飞得很好了。

爸爸说："飞吧！"

妈妈说："加油！"

飞过锯齿形的高山，飞过海豹的栖息地，飞过驯鹿的队伍，飞过北极熊生活的雪原，然后"在星星的指引下，我们继续夜晚的飞行"。飞过鲸鱼游泳的海洋，每天每天都坚持飞行。突然，一大群厚嘴崖海鸦飞过头顶，这一大群厚嘴崖海鸦布满了整整一个跨页，画面的视线所及之处到处都是。

就这样，一个画面接着一个画面，真是非常宏大壮观！

终于有一天，

爸爸说："看见了吧！"

妈妈说："我们到啦！"

那是一片没有冰雪覆盖的绿色的大地和海洋。

终于，它们来到了一个新世界，它们心中向往已久的地方。

这就像一曲对万物生灵充满爱意的"生命物语"。

在2012年阿部弘士出版的几部图画书中，这本书可谓是他花费精力最多的作品之一吧。

《雾中的刺猬》

〔俄〕谢尔盖・科兹洛夫、尤里・诺尔斯金 / 著
〔俄〕佛兰西斯卡・亚布索娃 / 绘
韦苇 / 译
广西师范大学出版社 / 魔法象童书馆出品
2015 年 1 月版

人为什么会爱动物

2013 年 2 月过半，我来到了被冰雪覆盖的旭川市。受图画书作家阿部弘士先生的邀请，此行是为参加在当地召开的“2013 环境保护论坛”研讨会。

论坛主办方是“旭山动物园俱乐部”，旭山动物园以企鹅馆闻名，这个俱乐部实际上是旭山动物园的后援团。对人类而言，自然与动物为什么具有重要的意义？论坛的目的就是为了引起更多人对人类与自然关系的思考。阿部先生与旭山动物园园长坂东元先生都将出席研讨会。

我演讲的题目是“人为什么爱动物？——关于动物主题手绘图画书和摄影图画书的思考”。为准备演讲，我从书房里挑选了 30 来本魅力十足的关于动物的手绘图画书和摄影图画书，重新读了起来。

我选择的动物图画书，有阿部老师的处女作《旭山动物园日志》(『旭山動物園日誌』) 和《狮子奇怪的一天》(『ライオンのへんないちにち』)，也有国外作家的图画书《雾中的刺猬》(*Hedgehog in the Fog*)、《图

《图书馆狮子》

〔美〕米歇尔·努森 / 著
〔美〕凯文·霍克斯 / 绘
周逸芬 / 译
河北少年儿童出版社 / 和英童书出品
2011 年 5 月版

书馆狮子》(*Library Lion*)、《鹿啊，你是我兄弟》(『鹿よ おれの兄弟よ』)等，大部分都是耳熟能详的经典作品。因为这一次是在旭川演讲，所以我感觉以北海道为故事背景的摄影图画书更加合适，于是我选择了竹田津实的作品，他长年在北海道东部鄂霍次克海岸的小清水町当兽医，对在北海道栖息的动物进行过长期的生态观察，我选择的他的作品是《日本鹿》(『エゾシカ』) 和《狐狸》(『キツネ』)。

竹田老师的动物摄影与同类书不同的是，他对生态有深刻的洞察，总能捕捉到动物呼吸和跃动的精彩瞬间，比如《日本鹿》。在北海道东部的鄂霍次克海岸线一带，每到夏季人们都能在森林中和草地上看到许多梅花鹿，可是秋天一到，这些梅花鹿就不见了。最初竹田先生以为梅花鹿是躲藏在森林深处去过冬了，可是在早春和晚秋的时候，有些地方经常发生梅花鹿被撞的交通事故。经过多方调查，竹田先生发现每到换季时，梅花鹿便会迁徙到草木不被冰雪覆盖的地方。在迁徙时，梅花鹿不得不穿过公路，于是常有梅花鹿被汽车撞死撞伤的事件发生。

那么，梅花鹿到底是如何迁徙的呢？竹田选择在最容易以肉眼辨认梅花鹿的季节——草木返青的早春时节——从钏路和根室出发，去追赶北上迁徙的梅花鹿群。《日本鹿》就是他在追鹿的过程中创作出来的。

穿越树林，渡过河流，翻越山丘。梅花鹿的迁徙路线似乎是一成不变的，因为很多山自古以来就被称作“鹿过之路”。我在能开车的地方就开车，开不了车的地方就坐雪地摩托，紧紧地跟着它们。

走到鄂霍次克海沿岸的度夏之地，梅花鹿要迁徙两百到三百公里的距离，这可是一段伟大的旅程。最让人感动的是，出发时还是一小群的梅花鹿，在迁徙途中逐渐与其他族群会合，有时会形成由一百多只梅花鹿组成的大集团，非常壮观。动物为了生存而采取的本能行动真的很震撼啊。据说像这样随季节变化而长途迁徙的哺乳动物，除了北海道的梅花鹿，也就只有阿拉斯加和加拿大的北美驯鹿和非洲热带草原上的牛羚和梅花鹿了。

更让人感动的是小鹿宝宝的成长。刚刚生下来的小鹿宝宝很容易遭到棕熊、红狐和白尾海雕的偷袭，因此它们要在密林中一动不动地等着母亲觅食归来。这不是三十分钟或者一个小时的短时间等待。鹿妈妈一天只会回来三次左右。有人发现了待哺的小鹿，往往会以为是小鹿迷路了，便会把小鹿带到兽医竹田那里去。而竹田每次都会把小鹿放回原地，还用婴儿奶瓶给小鹿喂奶。书中也有他喂小鹿的照片。

另一本图画书《狐狸》的主人公是一只有七个巢穴的雌性狐狸。

竹田给它取名为东。他想在东的巢穴前的斜坡上建造一个暗中观察东的基地，于是他故意一边哼着歌，一边清除积雪和野草，假装对东毫不在意的样子，慢慢悠悠地做自己的工作。这时，东就趴在巢穴前的雪地上，一直盯着做工的竹田，懒懒地打着哈欠，这说明它已经解除警戒心了。竹田觉得东好像在说："你在这里，我不介意啊。"然后，竹田继续慢悠悠地建造自己的工事。

二月，是狐狸们恋爱的季节。这一天，东和一只雄性狐狸恋爱了。

雄性狐狸帮东修理巢穴。虽然东还没有生下小宝宝，但他早就把野鼠等猎物带了回来，埋在巢穴入口的旁边，每次东都会出来和他打声招呼。"谢谢你。"听着东感激的话语，雄性狐狸表现得就像个真正的父亲。

竹田在这本摄影图画书中解释道：在哺乳动物中，雄性动物能够承担好父亲角色，帮助雌性生育的动物，除了人以外，也就只有狐狸和狸猫了。像猴子、鹿、熊、老鼠等动物，观察者根本认不出来谁是父亲，只有母亲自己做生育准备，独立完成生育。

竹田这么写道：

我在观察狐狸家庭的过程中，学会了如何做一个更好的父亲。

三只狐狸宝宝并排吮吸母亲的乳汁，而这时母亲却在警惕地环顾着周围。狐狸宝宝摇摇摆摆走远时，狐狸父亲就会过去叼起宝宝的脖子，把它带回来。幼儿时期的狐狸宝宝会受到乌鸦的攻击，而父亲会为了保护宝宝而奋起反抗，勇猛地驱赶乌鸦，也给宝宝做了表率，慢慢地狐狸宝宝就能自己战斗了。狐狸宝宝出生两个月后，父亲就会突然一改温柔的形象，带着宝宝们激烈地奔跑、跳跃，训练它们的野性和生存能力。竹田的书中非常完美地定格了很多这样的瞬间。

这是一个父亲最幸福的时光。我想起了自己双手托起孩子，举高高的情景。

动物摄影图画书中的动物，表情和行为非常可爱，能让读者的内心变得纯净，激发读者去思考人类自身的生活方式、人际关系、内心状态、育儿方式等，这是动物带给人类的心灵洗礼。

人为什么喜欢动物？人为什么爱读动物图画书呢？我觉得，长久以来，傲慢的人类忘却了与大自然和谐共生的规则，丧失了人类生命本真的感性，现在人类终于要觉醒了，我们认识到了问题所在。人类与自然是命运共同体，这便是我的答案。

伸直脊背，仰望天空

傍晚时分，望着西边天空那颗金色的星星，我不禁感叹道：“啊，金星。你离太阳真远啊。”晚上出门扔垃圾时，抬头可以看到夜空中一颗略带红色的从不眨眼的星星，我的脑海中响起霍尔斯特（Gustav Theodore Holst）的管弦乐《行星》组曲中《木星》的旋律。上小学的时候，我就养成了无论什么时候都会抬头望星观云的习惯。

如此一来，在无意识地抬头观星和看云的时候，我就不会思考身边和世上的那些繁杂事，就像瞬间失去记忆一样。我之所以这么做，一个原因就是，我可以利用这种方式让自己不至于累积过多的压力。

当人的内心挣扎，情绪低落的时候，就容易身心俱疲。这种时候，我就会通过听歌、读诗或看图画书来提醒自己："好了，是时候抬头挺胸看看天了。"已故的坂本九先生的歌曲《仰望夜空的星辰》就是一首很好的舒缓情绪的歌吧。

"3·11"日本大地震以后，受灾地的音乐家和图画书讲读志愿者们开展了不计其数的赈灾援助活动，还出版了很多鼓励人们克服困难的优秀图画书。在此我介绍其中的三本。

第一本是《天空之上》(『空より高く』)。蜡笔屋出版社的落合惠子女士致力于赈灾援助和反核电运动，她将传唱二十多年的金曲《天空之上》改编成了图画书，为了让更多人传唱，她特别在书中附赠CD，希望能帮助到更多的受灾者。

人的心在天空之上，人的心远比天高。

开篇就是如此熟悉的歌词。歌词被分成了几段，随着图画书的翻动，一个接一个的大跨页照片将情感逐渐推向高潮。摄影师是年轻的石井麻木，她被誉为"叩问观者灵魂的摄影师"。

封面和扉页用的是在空中飞舞的雄鹰和白云的照片，展现出歌曲世界的畅意和广阔。歌词第一句的画面以白云为背景，一只彩色风筝在高空飘舞，接下来是无数风筝在空中舞动。随后，当歌词唱到"人的心在天空之上……"这句时，画面切换到海浪拍打沙滩的风景，仿佛能听到海浪的声音。当唱到“擦干泪水……”这句时，画面是水洼中倒映着的变形的白云。当歌曲唱到高潮部分“你的内心啊，无比宽广……”，画面上阳光穿透厚厚的云层投射到地面，一幅神奇幻境般的照片，给歌曲完美地收尾。这部作品的调性完全超越一般的图画书，给人一种诗情画意漂浮流动的感觉。书后附有故事讲读的手语说明，让聋哑读者也能读懂，真是非常贴心的设计。

另外的两本图画书分别是《星星》(*Stars*)和《我们的世界》(*All the World*)，这两本书都是诗人长田弘先生最爱的美国图画书，也是由他先后翻译成日文作品的。这两本书的文字虽出自不同的作家，但图画是由同一位画家玛勒·弗雷泽(Marla Frazee)绘制的，这位画家十分热爱山丘、森林、河川等大自然中的景色。

《星星》的开篇是孩子们在夜晚数星星的场面，一颗，两颗，三颗，星星眨着眼睛。然而孩子眼里并不只有夜空的星星，他们把金色的纸剪成星形，别在衬衫上扮演警官，粘在木棍上制作魔法棒，挥舞起来就能实现愿望。

星星啊，我想像你一样发光，

当梦想成真，那一刻终将来临，

而我也将成为众人的希望之星。

这些鼓舞人心的话语看似好像有些单薄，但作者非常用心地继续写道：

但是有时候，我感受不到自己在发光。

《我们的世界》

〔美〕莉兹・嘉顿・斯坎伦 / 著
〔美〕玛勒・弗雷泽 / 绘
崔维燕 / 译
连环画出版社 / 蒲蒲兰绘本馆出品
2013 年 12 月

页面上是一个穿着泳裤的少年的背影，他骄傲地站在沙滩上，然后，他蹲下来，抱住膝盖，文字写道：

那时就轻轻地摸一摸口袋里的星星吧。

故事画面来到草原，草莓开出的白色小花，南瓜开出的黄色大花，然后是一片片的雪花，无数的蒲公英的花伞，都像星星一样分散开去。最后是一幅许多家庭和恋人并排坐在石墙上数星星的画面，文字是：

有时候看不到星星，但星星一直在那里。

而《我们的世界》的内容则不同，作者将视线投向了日常生活中的景物，在海边玩沙子、石子和贝壳，在田里采摘玉米和西红柿，在村庄集市上欣赏鲜花和丰收的蔬果，和孩子们一起爬大树……书中描绘的生活原来都是上天与大地的恩赐啊。

当然，生活也并非全是这样，也有刮风、下雨和冰冻的日子，但天空总会转晴，静寂祥和的夕阳终将到来。在书中的结尾处用大字写着“愿梦想、和平、爱和信任”，翻到最后一页，“洒满人间，温暖你我”。

虽然《天空之上》和《星星》有些细微的不同，但都强调要在平

《我们的世界》内页

凡的生活中寻找希望之星，在这方面两本书的追求是相同的。

在反复阅读这三本图画书的过程中，我的脑海中时不时会想起帕斯卡尔（Pascal）的那段话，也就是他的随笔集《思想录》中非常有名的那一段：

人类只不过是一根芦苇，是自然界中最脆弱的东西，但他是一根

《我们的世界》内页

能思想的芦苇。

若要毁灭人类，用不着整个宇宙都拿起武器，一口气、一滴水就足以致他死命了。然而，纵使宇宙毁灭了他，人却仍然要比致他于死命的东西高贵得多，因为他知道自己要死亡，以及宇宙对他所具有的优势，而宇宙对此却是一无所知。

因而，我们全部的尊严就在于思想。

无论宇宙带给我们怎样的苦难和悲伤，我们都可以凭借思想和想象力描绘心中的星星，仰望心中的星星。想象力是人类赖以生存和发展的能力。

大人也要读图画书

现代社会的人们会遭遇许多严峻的状况，其中最险恶的是战争，地震灾害也是其中之一。人生并不容易，面对困难，我们该如何生活下去？如何直面困境呢？

作为一名作家，这些是我长期以来一直关注和思考的事情。面对这些状况，我们该如何教育未来的主人翁呢？如何帮助他们成长呢？应该为他们创造一个什么样的社会呢？带着对这些问题的思考，我将一边讲故事一边阐述图画书的重要作用。

我们对儿童、童年和图画书是存在误解的。估计有很多人认为，年幼的孩子什么事都不懂，图画书就是给语言能力不足的幼儿看的，长大后就不用再读了。实际上，这种观点是不对的。读图画书这件事，随着人生经验的积累，阅读的感受和意义也会发生变化，变得更加深刻，对此我深有感触。到了我这把年纪，重新捧起图画书，反而能读出其中的深刻意义。图画书真是一种神奇的载体，读图画书的儿童的感受力也非常令人赞叹。一些研究儿童的专著也提道：儿童生活中很重要的是靠直觉，他们拥有大人难以企及的想象力，儿童生活在与成人截然不同的特殊世界中。

在东京都荒川区西川太一郎区长的提议下，我发起了一个叫作“柳田邦男图画书阅读奖”的阅读推广评选活动，每年我都能收到儿童和家长们寄给我的图画书读后感。“读了这本图画书，我觉得它很有趣，这让我很感动，我意识到这件事……”我期待这样的来信，这个图画书阅读活动，每年夏天我都坚持做。那些来信让我越发觉得孩子真是厉害啊，他们的来信给我很多启发。下面，我详细介绍一下这些信件。

“体谅之心”的萌发

孩子有体谅弱者的爱心。当然前提是他们在婴儿期能得到足够的关爱和拥抱。没有被爱过的孩子，不会懂得被他人接纳和爱的感觉。被深爱过的孩子不需要教，他自己便会同情和体谅别的遇到困难的孩子和弱小的孩子。

在荒川区的孩子们寄给我的来信中，有几封是关于《妹妹住院了》(『いもうとのにゅういん』) 的读后感。读着这些来信，我发现孩子在读图画书的过程中总会把故事和自己的体验联结在一起，每每有所触动，便会思考今后自己成长中的心态和生活方式。小学五年级的谷口菜菜小朋友的来信特别打动我。我之所以特别强调这些都是来信，而不是读后感，是因为小朋友们常在学校里被老师要求写读后感，

《妹妹住院了》

〔日〕筒井赖子 / 著
〔日〕林明子 / 绘
季颖 / 译
北京联合出版公司 / 爱心树童书出品
2017 年 6 月版

《妹妹住院了》内页

而我的“柳田邦男图画书阅读奖”期望的参评作品是书信形式的自由书写，我希望孩子直接告诉我“柳田先生，我读了这样一本图画书”，我希望他们的写作是轻松愉快的。

谷口同学的信是这样写的：

我小时候总是生病住院。虽然记不太清了，但那时我总是让大家为我担心。三四年级的时候，我读到这本图画书时，感觉它写的就是我自己的故事。有一次，我得到一个机会，去给二年级的同学朗读这本图画书。

给低年级同学讲图画书故事的时候，需要考虑哪里加重语气，哪里加入自己的感想，因此要反复练习才能做好准备。我觉得这种高年

《妹妹住院了》内页

级学生给低年级学生讲故事的做法非常好。

我毫不犹豫地选择了这本图画书。刚开始讲的时候，我偶然抬头看了一眼二年级的同学们，他们听得好认真啊。那天，我收到了一封二年级同学写给我的信，信上说：“谢谢你读这本书给我们听。我的妹妹也住院了，她很可怜。虽然这个故事有点悲伤，但我愿意以后再听你来讲。”我觉得这本书最棒的地方，就是姐姐把洋娃娃送给妹妹的那一页。这本书最感动我的画面是妹妹收到洋娃娃时甜甜地笑了，笑得非常开心。我是独生子，没有妹妹，但是朋友对我好的时候，我也会觉得朋友是非常重要的。像这对姐妹那样，我想和我的朋友们相处得更好。我很高兴遇到了这本图画书，今后我还会把这本书讲给低年级的同学，向更多的同学分享我的感受。

就是这样一封来信。这个孩子从小就体弱多病，这种童年体验在她的心里留下了不安的感觉。然后，读《妹妹住院了》这本书让她回忆起了小时候的事情，她的亲身体会与故事内容联结在一起了，然后她意识到了对人友善和体贴的重要性。我觉得最有趣的是，她在给二年级同学讲故事的时候，还抬起头来看看大家，她很在意比自己小的听众们的感受。她看到同学们认真的表情，于是自己更加投入到故事的朗读中去。“虽然这个故事有点悲伤，但我愿意以后再听你来讲”，她收到的这封信为她增添了更多自信。

有的妈妈不喜欢关于离别的悲伤故事。我曾在书店里亲眼见过，孩子选到一本想买的书，妈妈却说：“那本书让人伤心，不好。”然后，孩子就换了别的图画书买。我觉得妈妈这样的行为才是最让人伤心的。孩子只有在经历过伤心的离别这种不愉快的事情后，才能实现真正的成长。像新美南吉的《小狐狸阿权》（『ごんぎつね』）那样悲伤的故事是孩子最喜欢的。伤心是孩子无法用言语表达的东西，但在人类生活中却是无法避免的，那是让孩子心灵受到震动的体验。对伤心事的意义的理解以及言语表达，等孩子长大成人后再解释当然来得及。今天我要说的这些内容，没有必要直接告诉孩子，而应该让他们通过阅读自己感受。

我觉得，很多大人的感性思维早已丧失了。如果一个大人手捧一本图画书，刚读上两三分钟就觉得乏味而放弃，这种人的“感性枯竭

《小狐狸阿权》

〔日〕新美南吉 / 著
〔日〕黑井健 / 绘
周龙梅、彭懿 / 译
新星出版社 / 爱心树童书出品
2018 年 4 月版

症”可谓是相当严重了。对孩子而言，图画书是完全真实的体验，而对大人来说，那个世界只不过是虚构的世界，最多想象一下它的样子罢了。但对孩子而言，尤其是七八岁之前的孩子，想象世界与现实世界之间的界限并不清晰，可以说是混在一起的，他们可以自由穿越。这就让感性思维成为一种绝妙的东西。

图画书虽然是虚构的，但对孩子而言，那是真实的情感体验，尤

《小狐狸阿权》内页

《小狐狸阿权》内页

其是在听妈妈讲故事的时候。在妈妈声情并茂的讲述中，那个虚构的世界变得更加美好和立体。我曾收到一位妈妈的来信，她说：“我有一个四岁大的孩子，我们洗完澡后一起去睡觉。在睡前给他读图画书的时候，我似乎又闻到了自己小时候妈妈身上洗发水的气味，感觉到了妈妈裙子的触感。”人们保留着儿时的阅读记忆，原来孩子在听读图画书的时候，是在全身心地感受故事呀。

走出悲伤，开启新的旅程

悲伤的离别是刻骨铭心的人生体验，具有重要的生命意义。我翻译过一本图画书叫《象老爹》，书中的小老鼠不想让大象走到森林的

《象老爹》

〔比〕罗伦丝·布赫基农 / 著
〔比〕瓦乐薇·朵儿 / 绘
漪然 / 译
湖南少年儿童出版社
2009 年 4 月版

另一边，在小老鼠尽心尽力照顾大象的过程中，他换位思考，最后站在大象的立场上支持象老爹再次出发。有一位小学一年级的男生读完这本书给我来了一封信，他在信里说：

我非常喜欢这个故事。去年一个对我很好的叔叔去世了，我本来不太理解“去世”是什么，但读了这本图画书，我才明白叔叔已经安

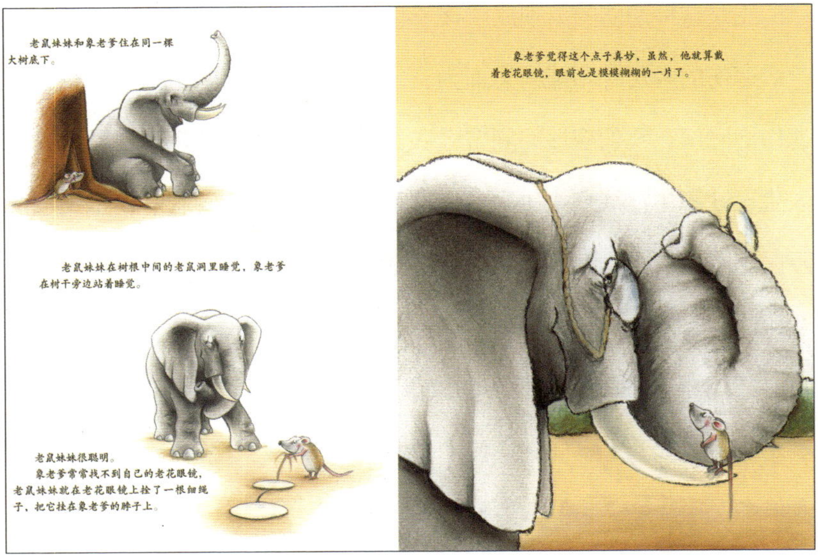

《象老爹》内页

《象老爹》内页

然地去了那个国度。

正是这种悲伤的离别成了孩子心灵成长的引擎。

悲伤的经历并不能有意而为，它只是无可避免的生活境遇。经历悲伤的时候，我们应该问问自己：如何把这种体验活用到自己未来的人生设计和生活规划中去呢？在这里，我介绍一本图画书，圣路加国际医院的儿科医生细谷亮太先生根据别人的丧子故事创作的，书名叫《泪》(『なみだ』)。

《泪》描写的是失去孩子的父母的故事。

孩子已经去了天堂。我的幸福时光一去不复返。我的心已碎，浸透泪水，万箭穿心。泪水止不住地流啊，流啊。

故事的开篇就是这样的感觉，未来的日子注定都是辛酸的泪水。

负责为本书插画的永井泰子女士真是伤透了脑筋：如何表现泪滴的形状呢？她在泪滴里呈现了父母的样子，随着色调和主题的改变，悲伤的情绪逐渐缓和，颜色逐渐变得明亮，泪水映照中的夕阳非常瑰丽，心头的悲伤逐渐化解。

心理咨询师总说，想哭的时候哭出来就好了，据说放声大哭能缓解心情。细谷医生通过《泪》正想说明这一点。失去孩子的悲痛是一辈子无法释怀的，但总要找到继续生活下去的力量和勇气，积极向前看，生活终将慢慢地回到正轨。这本图画书讲的就是这个十分重要的道理。

重启生活的力量

回归正常生活的力量从何而来呢？我想用《獾的礼物》(*Badger's Parting Gifts*)这本图画书来进行探讨和回答。

荒川区的孩子们给我的来信中，有的提到了这本图画书。那封信来自一个初中女生，她叫津久井绫乃。父亲去世一个月后，她读到了这本书，于是《獾的礼物》成了她的情感寄托，她把当时的感受写信告诉了我。

父亲就像书里的“獾”一样，总是面带笑容，与人为善，他的口头禅是“没关系”。我非常爱我的父亲。非常感谢您的图画书阅读征文活动，我想告诉我的父亲——我现在很幸福。

《但是，我还要继续生活》（*Depuis ce jour...*）
〔比〕科莱特·尼斯 - 马聚尔 / 著
〔比〕埃斯特勒·梅恩斯 / 绘
Editions Labor
2005 年 2 月版

这封信展示了图画书巨大的可能性：初中生也读图画书。

人类所经历的挫折，难以用语言表达。当我们失去伴侣、失去双亲、失去孩子，就算医生能解释清楚病理和病情，听完医学的解释，我们还是难以说出“好的，我明白了”。我们很难说服自己，人死不能复生。然而，当我们读着图画书进入故事的世界，随着故事情节的推进，我们便将自己的体验和故事情节进行联结，产生情感的共鸣，我们的心境也将随之发生变化，不知不觉中生命的活力也将恢复。

《但是，我还要继续生活》内页

《但是，我还要继续生活》内页

我翻译的比利时图画书《但是，我还要继续生活》讲述的是一个经历了生活打击的悲伤的孩子重新振作和快乐起来的故事，这是一本具有教育意义的图画书。这本书是作者科莱特（Colette Nys - Mazure）根据自己的童年经历创作的图画书。因为交通事故，她父母双亡，三个姐弟被不同的亲戚领养。亲戚们热情地接纳他们。七岁的长女娜丽被伯母收养，伯母把她当作自己的孩子对待，将她抚养大。她也得到了表姐和学校同学的充分理解和支持。不只是娜丽，另外两个孩子也逐渐恢复过来，重新变得开朗活泼。孩子们逐渐恢复了活力。

有段时间，一到晚上，我就会想起发生事故前的日子。为什么会发生那样的事情呢？爸爸和妈妈如果现在还活着的话，我们的生活会是什么样子的呢？想着想着，不由得眼泪就往外淌，然后在不知不觉中睡着了。悲伤虽然没有消失，但我现在很幸福。

这样的话语，看似矛盾，却非常真实，完全展现出了孩子的内心。

等我长大了，我想要很多孩子。房子要有很多窗户很多门，打开通风，仰望星空。小孩子和大孩子都可以自由进出。然后我就在门口迎接和欢送他们。我们是快乐的一家人啊。

七岁的孩子，只要受到足够的爱护，就能跨越亲人离别的悲痛，实现心灵的成长，拥有规划自己未来人生的能力。

拒绝杀戮的勇气

接下来，我想通过《少年与狮子：雅库巴》(『ヤクーバとライオンⅠ勇気』) 这本图画书讲讲守护生命的勇气。

在福岛县矢祭町的一所小学，五六年级的班主任老师为学生读了一遍这本图画书，然后分组让同学们再朗读一遍，最后再进行讨论。这些孩子的来信中所蕴含的真情实感再一次让我感慨无比。

首先我来介绍一下这本图画书的内容。在非洲大陆深处的一个小村庄，孩子在成人礼上必须杀一头狮子来展示自己的勇气。孩子们在大草原上各自散开去寻找狮子，只有杀死狮子的人才能加入勇士的行列。雅库巴迎来了自己的成人礼，他用了一整天去寻找狮子，终于找到一头狮王。可是，狮王一动不动，只是盯着雅库巴，用目光询问他。

你都看见了，我受伤了。我和一个凶猛的对手斗了一整夜。你现在不费吹灰之力，就可以把我打败。

要么，你杀了我，虽说胜之不武，可在那些不知情的弟兄们的眼

《少年与狮子：雅库巴》

〔法〕蒂埃里·德迪厄 / 著·绘
吴颖 / 译
新星出版社 / 爱心树童书出品
2014 年 4 月版

里，你还是个勇士；要么，你放了我，在自己心目中，你已长大成人，却免不了被族人所不齿。你有一夜的时间来思量。

雅库巴用了整整一个晚上思索这个问题，是打倒狮王，成为勇士，还是拯救这个生命呢？到了第二天清晨，雅库巴选择了不杀狮王，他

《少年与狮子：雅库巴》内页

回到了小村庄。父亲很失望，村庄里的空气凝固而沉默，因为同龄的伙伴们都杀了一头狮子，他们成了受人尊敬的勇士，雅库巴被同伴比下去了，他被派去村外看守牧场。这部作品的结尾是这样的：

差不多就从这时候起，村里的牲畜们再也没被狮子袭击过。

这本图画书是1994年出版的。在第一次海湾战争之后，复仇主义的情绪笼罩世界，这也是“9·11”事件的导火索。想要斩断复仇主义，要靠什么呢？蛮力绝对不行，要靠拒绝杀戮、拒绝战争的勇气。在我们的身边，孩子之间也会发生欺凌的现象。被欺负的孩子也会采取报复行为。我们生活的这个时代，从身边小事到国际问题，无不充斥着复仇主义的影子。因此，这本图画书的意义是现实而重大的。

这本图画书的续集《少年与狮子：齐霸威》(『ヤクーバとライオンII信頼』)更富有戏剧性，讲的是上一集的主人公雅库巴和狮王齐霸威之间产生深刻信任关系的故事。这两本书都是由班主任老师讲给学生们的，然后学生们写下读后感交给校长，校长又拿给我看的。我来介绍一篇六年级男生写的读后感：

这两本图画书都非常棒。我曾经为了不被同伴孤立做过一些残忍的事。比如为了自己不被别人欺负，就去欺负别人，我以前就是那样的人。那时我非常自私。而雅库巴呢，宁可自己承受同伴的孤立，也不愿意杀死狮子。在第二册《少年与狮子：齐霸威》中，狮王齐霸威为给狮群找到食物，必须打倒雅库巴，而且如果它不打倒对方，就会被对方打倒，但它却没有那么做。我认为，这就是信任。我也想拥有

《少年与狮子：齐霸威》

〔法〕蒂埃里·德迪厄 / 著·绘
全慧 / 译
新星出版社 / 爱心树童书出品
2014 年 4 月版

这样值得信任的朋友。

我想，这位同学再也不会去欺负其他人了，图画书就拥有这样的神奇力量，它以各种形式深刻地影响着孩子的心智，让他们懂得什么才是生命中最重要的，从而拥有一双观察自己内心的眼睛。图画书，

《少年与狮子：齐霸威》内页

只要读过一次，将来就一定会派上用场。如果在童年时期没有阅读图画书的经历，就失去了一种宝贵的经验。这便是图画书的意义所在。

爱孩子的拳拳之心

最后，再介绍一本我自己翻译的图画书，也就是在第一章里曾经介绍过的《孩子们的守护者：雅努什·科扎克的故事》。二十世纪初，在波兰首都华沙，科扎克创立了一所专门收容犹太儿童的孤儿院，他是一位践行完美人格教育的教育家。他注重培养孩子们的自主性，引导他们发挥能动性，也增强自控力。第二次世界大战开始后，纳粹德国占领了波兰，犹太人遭到拘捕，被关进集中营，最后统统被杀害。犹太人的孩子也被关进了集中营。本来科扎克可以在朋友的帮助下逃离集中营，可是他不想让孩子们感到不安，他没有选择离开，而是自愿同两百名孩子一起走进了毒气室，与他们命运与共。科扎克老师呵护着那些孩子，给他们深沉的爱，他有一个伟大的灵魂。战后出生，如今活跃在纽约的画家汤马克·包格奇把科扎克的人生故事画成了一本图画书。我翻译过很多图画书，但翻译这一本时，我才发现，之前的翻译工作都是为了遇到这本书啊。我真正地投入到故事中去，无法忍住自己的泪水。图画书中科扎克和孩子们的表情都非常真切，真是一本了不起的图画书啊。

科扎克一辈子的心血都奉献给了他的孩子们，而他的精神在今天仍被很多人继承和弘扬。图画书的最后一页这样写道：

虽然科扎克和孩子们在特雷布林卡集中营中死去了，但他一生保卫儿童的精神永远被留存了下来。尽管科扎克无法将孩子们从恐怖的大屠杀中解救出来，但他主张所有的孩子都有权利生活、接受教育、受到保护，这一直激励着全世界的人们。

为了向科扎克致敬，联合国宣布，1979 年为国际儿童年。1989 年联合国颁布了《儿童权利公约》，这一公约也是在科扎克的深刻影响下形成的。

在“3·11”日本大地震中，很多小学受灾严重。怎么让那些受灾的孩子恢复生命的活力呢？我们必须尽最大努力去支持他们。

我想最重要的还是家庭，只要每个家庭都坚持阅读图画书，我相信整个日本都会变得更好。因为图画书能润泽每一个大人和孩子的心灵，让我们重新认识生活中那些最重要、最本质的东西。

（根据 2011 年 3 月 30 日在世田谷文学馆的演讲进行整理）

后记

无论是在绘本馆还是图书馆，无论是在保育院还是幼儿园，对孩子来说，没有比听故事（图画书故事或纸戏剧）更让他们高兴的活动了。在听故事的时候，他们的眼睛注视着图画书中的画面，闪烁出童年的光亮，他们的耳朵像小兔子耳朵那样，直立而警觉地倾听。随着故事情节的发展，他们的心理期待和紧张情绪会逐渐高涨，伴随着幽默的语言和风趣的画面，他们会沉浸到温暖而令人陶醉的情境之中。如果突然有个孩子发出一声怪叫，倾听的沉寂被瞬间打破，他们的反应会千姿百态。作为故事讲读者的我，也常陷入这种突如其来的变化旋涡之中，高兴得不能自拔。

随着年龄的增长和人生经验的积累，读者对图画书的理解也会越来越深刻，图画书阅读具有神奇的可能性。在图画书阅读推广者中有一种成人参加的共读会，大家集中到一起进行图画书的研读，一人作为朗读者为大家朗读图画书，其他人作为听众，这是属于成年人的故事时间。尽管参加的每一个人都很熟悉书中的语言和故事内容，但对作为听众的成人来说，他们就像在听一本全新的图画书，那种感觉非常奇妙。

由于朗读者要把注意力集中在书中的文字上，在阅读的过程中，他的情绪会迅速转移到下一页。而对听故事的人来说，他们听着朗读者声情并茂的讲述，眼睛会关注图画的细部，发现画面中那些幽默的设计。他们动用所有的感官进入想象的世界，不知不觉就沉浸到图画书的剧情之中，那是一种非常奇妙的文学体验。于是，早已失去的幼年感性和纯真童心又被再一次唤醒。

久经世故的大人，感性早已尘封，但图画书却能让他们陷入如此的沉醉状态，那么对孩子来讲，他们在故事听读中所收获的感动更加鲜活与生动，这是大人们无法企及的。

七岁以前的孩子，他们的头脑里还没有现实世界和幻想世界的区分，他们游走在幻想和现实之间。对听故事的孩子来讲，朗读者的一举一动以及饱含深情的讲述都是现实的存在，所以一本图画书，无论是多么简单的虚构故事，也就具有了现实感。读图画书给孩子带来的是现实的体验和真实的情感经历，这些将永远留在他们的记忆里。图画书讲读对孩子的社会化、人际交往、观察力乃至于人格形成都具有非常重要的影响。

现代社会，孩子的生活中充斥着以电脑和手机为代表的数字终端设备，数字化的信息越来越支配着孩子的语言环境，他们与真人交流的机会越来越少。这些数字设备和语言环境已构成孩子发展人际关系、沟通能力、建立伦理观的重大障碍。在这种环境下，图画书的阅读可以作为一种更加本真和有效的方式，在促进孩子的语言发展、情感发展、文本理解、人际交往、社会化发展和自我认知等方面发挥着积极的作用，这也是图画书讲读的时代意义。

“图画书是写给婴幼儿的读物，因为他们的语言能力尚未发展成熟，所以才配上插图让他们容易理解。”也许持有这种先入为主观点的成年人要占多数吧。当然，这样的理解并没有错。不过，图画书是一种特别的表现载体，能以一种举重若轻的方式来讲述和表达生命、生活、人际、人生等重要的话题。人生经验越丰富的读者才越能读出图画书中的深意。可以说，人生旅途中的所有大事，我们都能从图画书中读到。

因此，我很早就开始倡导“一生要读三次图画书”的理念，第一次是自己是孩子的时候，第二次是自己做了父母抚养孩子的时候，第三次是人生过半，面对衰老、疾苦、死亡的时候。特别在第三次，要将图画书置于身边，每天大声朗读，观察图画的细部，只要建立了图画书阅读的习惯，你一定会发现自己对人生的思考更加深入了，你一定会感受到自己的人生观发生了改变。

为了推动成人阅读图画书，我将最新发表的图画书阅读随笔结集出版成这本书，希望这本书能有助于读者内心的丰盈。

本书中的第一章到第三章的内容曾经发表在一份专业学术月刊《看护管理》上，我开辟了一个图画书阅读专栏——“大人也要读图画书——给护理者和被护理者”，每月发表我写给在医疗现场的看护师、治疗师、护理师以及患病者们的文字。我选择了2011年6月至2013年11月间专栏发表的内容（部分未收录），并进行了重新修订，编成这本书。在此，我向编辑部的同事们表示感谢。

我还要特别感谢岩波书店编辑部的樋口良澄先生，感谢他为本书及前篇《在荒漠中遇见一本图画书》的编辑出版付出的辛劳。

柳田邦男

2013年12月

索引

为方便查阅，特将书中涉及图画书以拼音为序汇总。

《獾的礼物》(*Badger's Parting Gifts*) P58~59，P125

〔英〕苏珊・华莱 (Susan Varley) / 著・绘，杨玲玲、彭懿 / 译
明天出版社 / 信谊图画书出品，2017 年 11 月版

《了不起的面包师爸爸》(『おとうさんはパンやさん』) P31

〔日〕平田昌广 / 著，〔日〕铃木守 / 绘，田秀娟 / 译
接力出版社，2015 年 6 月版

《了不起的木工爸爸》(『おとうさんはだいくさん』) P31

〔日〕平田昌广 / 著，〔日〕铃木守 / 绘，田秀娟 / 译
接力出版社，2015 年 6 月版

《了不起的司机爸爸》(『おとうさんはうんてんし』) P31~32

〔日〕平田昌广 / 著，〔日〕铃木守 / 绘，田秀娟 / 译
接力出版社，2015 年 6 月版

《了不起的消防员爸爸》(『おとうさんはしょうぼうし』) P31

〔日〕平田昌广 / 著，〔日〕铃木守 / 绘，田秀娟 / 译
接力出版社，2015 年 6 月版

《凌晨一点，礼帽族来了！》(『シルクハッとぞくはよなかのいちじにやってくる』) P18~20，P22

〔日〕奥原梦 / 著・绘，彭懿、周龙梅 / 译
广西师范大学出版社 / 魔法象童书馆出品，2017 年 8 月版

《卢利尤伯伯》(『ルリユールおじさん』) P90~92

〔日〕伊势英子 / 著・绘，赵玉皎 / 译
二十一世纪出版社 / 蒲蒲兰绘本馆出品，2009 年 5 月版

《鹿啊，你是我兄弟》(『鹿よ おれの兄弟よ』) P105

〔日〕神泽利子 / 著，〔俄〕G.D. 帕乌利辛 (G.D.Pavilishin) / 绘，唐亚明 / 译
二十一世纪出版社，2012 年 6 月版

《妈妈的手作》(『おかあちゃんがつくったる』) P72~74

〔日〕长谷川义史 / 著・绘，〔日〕猿渡静子 / 译
连环画出版社 / 飓风社出品，2017 年 3 月版

《妹妹住院了》(『いもうとのにゅういん』) P117~120
〔日〕筒井赖子 / 著，〔日〕林明子 / 绘，季颖 / 译
北京联合出版公司 / 爱心树童书出品，2017 年 6 月版

《米奇拉 摩奇拉 咚咚！》(『めっきらもっきらどおんどん』) P4
〔日〕长谷川摄子 / 著，〔日〕降矢奈奈 / 绘，李奕 / 译
南海出版公司 / 爱心树童书出品，2010 年 2 月版

《切斯特找新家》(『チャッピィの家』) P14~15
〔日〕今井彩乃 / 著・绘，李剑敏 / 译
中信出版社，2017 年 1 月版

《少年与狮子：齐霸威》(『ヤクーバとライオン II 信頼』) P130~131
〔法〕蒂埃里・德迪厄（Thierry Dedieu）/ 著・绘，全慧 / 译
新星出版社 / 爱心树童书出品，2014 年 4 月版

《少年与狮子：雅库巴》(『ヤクーバとライオン I 勇気』) P128~129
〔法〕蒂埃里・德迪厄（Thierry Dedieu）/ 著・绘，吴颖 / 译
新星出版社 / 爱心树童书出品，2014 年 4 月版

《手心的魔法》(『てのひら』) P63~64，P70
〔日〕泷村有子 / 著，〔日〕藤田阳生子 / 绘，彭懿 / 译
青岛出版社 / 小海螺童书馆出品，2016 年 6 月版

《树宝宝》(『木のあかちゃんズ』) P39，P41，P94
〔日〕伊势英子 / 著・绘，张惟 / 译
生活・读书・新知三联书店，2013 年 6 月版

《图书馆狮子》(*Library Lion*) P105
〔美〕米歇尔・努森（Michelle Knudsen）/ 著，〔美〕凯文・霍克斯（Kevin Hawkes）/ 绘，周逸芬 / 译
河北少年儿童出版社 / 和英童书出品，2011 年 5 月版

《驼鹿不怕》（*Making the Moose Out of Life*）P23~24，P26

〔加〕尼古拉斯・奥尔德兰特（Nicholas Oldland）/ 著・绘，郭静、段玉佩 / 译

河北教育出版社 / 启发文化出品，2017 年 7 月版

《味儿》（*Ish*）P78

〔加〕彼德・雷诺兹（Peter H.Reynolds）/ 著・绘，邢培健 / 译

新星出版社 / 爱心树童书出品，2014 年 2 月版

《我吃拉面的时候》（『ぼくがラーメンたべてるとき』）P72

〔日〕长谷川义史 / 著・绘，彭懿 / 译

贵州人民出版社 / 蒲公英童书馆出品，2016 年 12 月版

《我们的世界》（*All the World*）P110~112

〔美〕莉兹・嘉顿・斯坎伦（Liz Garton Scanlon）/ 著，〔美〕玛勒・弗雷泽（Marla Frazee）/ 绘，崔维燕 / 译

连环画出版社 / 蒲蒲兰绘本馆出品，2013 年 12 月

《我们一起玩吧》（『あんなになかよしだったのに』）P55~56

〔日〕笠井真理 / 著・绘，肖珊 / 译

二十一世纪出版社 / 尚童童书出品，2013 年 2 月版

《我在这儿》（*I'm Here*）P79~81

〔加〕彼德・雷诺兹（Peter H.Reynolds）/ 著・绘，常立 / 译

浙江少年儿童出版社 / 奇想国童书出品，2017 年 8 月版

《雾中的刺猬》（*Hedgehog in the Fog*）P104

〔俄〕谢尔盖・科兹洛夫（Sergey Kozlov）、尤里・诺尔斯金（Yuri Norstein）/ 著，〔俄〕佛兰西斯卡・亚布索娃（Francesca Yarbusova）/ 绘，韦苇 / 译

广西师范大学出版社 / 魔法象童书馆出品，2015 年 1 月版

《象老爹》（*Old Elephant*）P50，P122~124

〔比〕罗伦丝・布赫基农（Laurence Bourguignon）/ 著，〔比〕瓦乐薇・朵儿（Val é rie d'Heur）/ 绘，漪然 / 译

湖南少年儿童出版社，2009 年 4 月版

《小黑鱼》(*Swimmy*) P57

〔美〕李欧・李奥尼(Leo Lionni)/ 著・绘,彭懿 / 译

南海出版公司 / 爱心树童书出品,2010 年 1 月版

《小狐狸阿权》(『ごんぎつね』) P120~122

〔日〕新美南吉 / 著,〔日〕黑井健 / 绘,周龙梅、彭懿 / 译

新星出版社 / 爱心树童书出品,2018 年 4 月版

《小男孩"没关系"》(*A Nifflenoo Called Nevermind*) P47

〔英〕玛戈・森德兰(Margot Sunderland)/ 著,〔英〕尼基・阿姆斯特朗(Nicky Armstrong)/ 绘,张晨辰 / 译

北京科学技术出版社,2014 年 3 月版

《小小火车向前跑》(『せんろはつづく まだつづく』) P75

〔日〕竹下文子 / 著,〔日〕铃木守 / 绘,王蕴洁 / 译

天下杂志股份有限公司,2011 年 3 月版

《一点点儿》(『ちょっとだけ』) P60~62

〔日〕泷村有子 / 著,〔日〕铃木永子 / 绘,唐橙橙 / 译

光明日报出版社 / 双螺旋童书馆出品,2014 年 10 月版

《一棵知道很多故事的树》(『大きな木のような人』) P90,P93

〔日〕伊势英子 / 著・绘,〔日〕猿渡静子 / 译

连环画出版社 / 飓风社出品,2015 年 3 月版

《有一天》(*Someday*) P7~8

〔美〕艾莉森・麦基(Alison McGhee)/ 著,〔加〕彼德・雷诺兹(Peter H.Reynolds)/ 绘,安妮宝贝 / 译

新星出版社 / 爱心树童书出品,2013 年 1 月版

《在森林里》(*In the Forest*) P16~17

〔美〕玛莉・荷・艾斯(Marie Hall Ets)/ 著・绘,赵静 / 译

二十一世纪出版社 / 蒲蒲兰绘本馆出品,2008 年 8 月版

『あきねこ』(《秋猫》) P96，P99
〔日〕菅野裕子 / 著，〔日〕田中鮎子 / 绘
讲谈社，2011 年 8 月版

『いちりんの花』(《一朵花》) P39~40
〔日〕平山弥生 / 著，〔日〕平山美知子 / 绘
讲谈社，2012 年 1 月版

『いなかのネズミとまちのネズミ』(《乡下老鼠和城里老鼠》) P12，P14
〔日〕蜂饲耳 / 著，〔日〕今井彩乃 / 绘
岩崎书店，2009 年 10 月版

『エゾシカ』(《日本鹿》) P105~106
〔日〕竹田津实 / 著・写真
アリス館，2010 年 10 月版

『キツネ』(《狐狸》) P105~106
〔日〕竹田津实 / 著・写真
アリス館，2008 年 9 月版

『くつやのねこ』(《穿靴子的猫》) P15
〔日〕今井彩乃 / 著・绘
ＢＬ出版，2010 年 5 月版

『こんちき号北極探検記』(《康提基号北极探险记：长征 3000 公里的北极熊追寻之旅》)P100，P102
〔日〕阿部弘士 / 著・绘
讲谈社，2012 年 7 月版

『とうちゃんのトンネル』(《爸爸的隧道》) P29
〔日〕原田泰治 / 著・绘
白杨社，1980 年 4 月版

『なつねこ』(《夏猫》) P96

〔日〕菅野裕子 / 著,〔日〕北见叶胡 / 绘

讲谈社，2011 年 6 月版

『なみだ』(《泪》) P124~125

〔日〕细谷亮太 / 著,〔日〕永井泰子 / 绘

ドン・ボスコ社，2011 年 3 月版

『ハナミズキのみち』(《茱萸之路》) P2~3

〔日〕浅沼美纪子 / 著,〔日〕黑井健 / 绘

金星社，2013 年 5 月版

『はるねこ』(《春猫》) P96

〔日〕菅野裕子 / 著,〔日〕松成真理子 / 绘

讲谈社，2011 年 2 月版

『ひとりぼっちのかえる』(《孤单的青蛙》) P88

兴安 / 著,〔日〕三木卓 / 绘

小熊社，2011 年 6 月版

『ふたごのしろくま くるくるぱっちんのまき』(《一片木柴》) P102

〔日〕阿部弘士 / 著・绘

讲谈社，2012 年 6 月版

『ふたごのしろくま とりさん、なんば？のまき』(《喂，什么？木柴》) P102

〔日〕阿部弘士 / 著・绘

讲谈社，2012 年 7 月版

『ふたごのしろくま ねえ、おんぶのまき』(《喂，小熊》) P100

〔日〕阿部弘士 / 著・绘

讲谈社，2012 年 5 月版

『ふるねこ』(《冬猫》) P96

〔日〕菅野裕子 / 著，〔日〕小峰由兰 / 绘

讲谈社，2010 年 11 月版

『まつり』(《节日》) P90，P92，P94

〔日〕伊势英子 / 著・绘

讲谈社，2010 年 11 月

『ライオンのながいいちにち』(《狮子漫长的一天》) P99

〔日〕阿部弘士 / 著・绘

佼成出版社，2004 年 1 月版

『ライオンのへんないちにち』(《狮子奇怪的一天》) P104

〔日〕阿部弘士 / 著・绘

佼成出版社，2002 年 7 月版

『ロロとレレのほしのはな』(《罗罗和蕾蕾的星之花》) P4~5

〔日〕野坂悦子 / 著，〔比〕汤姆・斯霍恩欧赫（Tom schoonooghe）/ 绘

小学馆，2013 年 5 月版

『空より高く』(《天空之上》) P109，P111

〔日〕新沢としひこ / 词，〔日〕中川宏贵 / 作曲，〔日〕クニ河内 / 编曲，〔日〕石井麻木 / 写真

蜡笔屋，2013 年 3 月版

『新世界へ』(《飞向新世界》) P102

〔日〕阿部弘士 / 著・绘

偕成社，2012 年 11 月版

『旭山動物園日誌』(《旭山动物园日志》) P104

〔日〕阿部弘士 / 著・绘

出版工房ミル，1981 年 5 月版

A Wibble Called Bipley (and a Few Honks)（《比普利和自大三兄弟》）P68

〔英〕玛戈·森德兰（Margot Sunderland）/ 著，〔英〕尼基·阿姆斯特朗（Nicky Armstrong）/ 绘

Routledge，2001 年 1 月版

Depuis ce jour...（《但是，我还要继续生活》）P50，P126~127

〔比〕科莱特·尼斯 - 马聚尔（Colette Nys – Mazure）/ 著，〔比〕埃斯特勒·梅恩斯（Estelle Meens）/ 绘

Editions Labor，2005 年 2 月版

GUYKU: A Year of Haiku for Boys（《我们的春夏秋冬》）P7，P10

〔美〕鲍勃·拉奇卡（Bob Raczka）/ 著，〔加〕彼德·雷诺兹（Peter H.Reynolds）/ 绘

Houghton Mifflin Books for Children，2010 年 10 月版

Hattie and the Wild Waves（《大海浪》）P11

〔美〕芭芭拉·库尼（Barbara Cooney）/ 著·绘

Viking Juvenile，1990 年 10 月版

Henrietta's First Winter（《亨丽埃塔的第一个冬天》）P98

〔英〕罗布·路易斯（Rob Lewis）/ 著·绘

Red Fox，1991 年 12 月版

Mare en de dingen（《玛莉和奶奶的秘密花园》）P50

〔英〕罗布·路易斯（Rob Lewis）/ 著·绘

Red Fox，1991 年 12 月版

Only Opal: The Diary of a Young Girl（《小奥帕尔的日记》）P86

〔美〕奥帕尔·怀特利（Opal Whiteley）/ 著，〔美〕芭芭拉·库尼（Barbara Cooney）/ 绘

Philomel，1994 年 3 月版

Stars《星星》P110~111

〔美〕玛丽·琳·雷（Mary Lyn Ray）/ 著，〔美〕玛勒·弗雷泽（Marla Frazee）/ 绘

Beach Lane Books，2011 年 10 月版

为使读者更好地了解本书内容，书中使用了多本图画书的封面和内页图片，在此衷心感谢爱心树童书、魔法象童书馆、蒲蒲兰绘本馆、信谊图画书、中信出版社、小海螺童书馆、湖南少年儿童出版社、双螺旋童书馆、尚童童书、启发文化、奇想国童书、飓风社、接力出版社、和英童书等出版机构的支持。